山鷹童話
地球彎彎腰

Fairy tales train

山　鷹◆著

徐錦成◆主編　　劉淑儀◆插圖

童話列車
07

目 錄

【名家推薦】楊平世、黃秋芳……………………………………005

【編輯前言】呼喚童心　　徐錦成……………………………007

【自序】知識不是目標，情真才是目的………………………010

地球彎彎腰………………………………………………………015

字人和我…………………………………………………………023

橘子花……………………………………………………………035

哭彌勒……………………………………………………………043

長頸鹿大熊………………………………………………………053

遠遠與近近………………………………………………………063

妙妙窗……………………………………………………………073

生　病……………………………………………………………083

目 錄

四　季 ·· 095

宇宙的渦心 ·· 109

大霹靂以後的一次爭吵 ·································· 123

星空動物園 ·· 137

鐘聲的祕密 ·· 161

與科學接枝的童話新果實　　徐錦成 ················ 187
　　——《山鷹童話》賞析

Fairy Tales

這是一本結合科學和童話的好書，能讓小朋友們讀童話故事時，也獲得科學方面的知識。

——台灣大學生物資源暨農學院教授　楊平世

獨特的書寫譜系

二○○六年，國立台灣文學館「週末文學對談」的第一場兒童文學

辯證：「兒童遊戲，快樂台灣」中，我曾提出兒童文學的遠景，在於整體書寫譜系的建立。無論是創造一個象徵人物、框設一處擬真時空，或者是構築一種主題探索……，因為主軸確立，這些深耕累積的創作譜系，才有機會，活在台灣兒童文學的集體記憶裡。

一千多個日子過去了，我一直殷殷等待著兒童文學整體譜系的建立，直到二〇〇九年《山鷹童話》出版。這些科學童話在「文學熱情」和「科技背景」的內外交奏間，從小小的一個字、一個視窗，慢慢擴大到我們生活著的環境、地球，擴及無邊張望的星系、宇宙，一路迸現出充滿科學想像的華麗幻想，一個只屬於山鷹的書寫譜系昂然崛起，讓人分外驚喜。

——兒童文學名家　黃秋芳

Fairy Tales
編輯前言
呼喚童心
徐錦成

童話，是魅力獨具的文類。一個人兒時接觸到的童話，往往影響其一生。一個文明的童話，也往往反映出——甚至型塑了——這個文明的人民格。

童話一方面是活潑的，但同時也是溫和的。

活潑，因此我們可以從童話中看出一個文明的想像力與創造力。

溫和，因此童話界少有話題、少有論戰，以致文壇的聚光燈也難得打在童話身上。

童話的發展跟文學的發展息息相關。但從文壇的現狀看，詩、小說、散文是三大主流文類；戲劇作品不多，但也有其地位。至於童話，與前四者相較無疑最為寂寞。文學界長期

的忽略，使童話受到的肯定遠遠不及她本身的成就。

是該重新認識並重視童話的時候了！

童話，是呼喚童心的文學。不只屬於兒童，也屬於所有童心未泯或想尋回童心的成年人。而童心，在任何時代、任何社會都是最寶貴的。錯過童話，對喜歡文學的讀者來說是一大損失。

九歌出版公司自二〇〇三年開始推出「年度童話選」，獲得廣大迴響。如今又推出「童話列車」，在台灣兒童文學出版上更是史無前例的大事。以往的童話選集，不論依類型或依年代來編，都是集體作者的合集。而這次，我們以個人為基準，要為童話作家編出一部部足以彰顯其成就的代表作。

在作家的選擇上，所有資深的前輩作家以及活力旺盛的中生代作家，只要作品具有一定的質量，都是我們希望合作的對象。而作家的來源也不限於台灣。

我們放眼華文世界，希望能為
各地的優秀華文童話家出版選集。

　　在篇目的選擇上，則由編者與作者深入溝通，務
必使所收錄的作品能確實具有代表性、能充分展現作
者的風格。每本書末皆有一篇賞析專文，用意在提醒
讀者留意該作家的童話特色。

　　我們希望透過這一系列精選集，向優異而豐富
的華文童話家致敬。更期望大小讀者能透過他們的作
品，品味到文學的童心。

知識
不是目標，
情真才是目的

我是個工程師，從事科技工作。

我曾經獲甄選至美國衛星通信公司（COMSAT）研究一年，更曾經旅居英法兩國，監造我國第一顆商用通信衛星；近年則從事傳輸通信和海纜通信，當過傳輸通信中心和海纜站的主管。

因此，寫童話，絕對是「無心插柳柳成蔭」，能夠出版童話選集，更是連作夢都不敢想的事。

大學畢業那一年，因為幸運得到洪建全童詩獎，誤以為自己有寫作的天分，從此朝「業餘詩人」的方向邁進。

可惜的是，我的寫作，常常

因為本業工作而中斷，期間或因受訓，或因出國，有時候一斷就是數年。

寫作，漸漸變成痛苦來襲時，心靈壓力的宣洩出口。每一次我的寫作，都是在工作遇到瓶頸，精神苦悶不堪時，努力尋找慰藉的結果。

多年前我的一篇童話〈生病〉，幸運入選九歌的年度童話選，開啟了我的另一扇寫作之門。

沒想到，隔年又得到「吳濁流文藝獎」兒童文學首獎的鼓勵，從此轉換跑道，犧牲假日更積極創作童話，數年後竟然有了一點小成績。

我寫的童話和我的專業息息相關，畢竟，我是一個工程人員，從事的又是科技工作，當然應該以熟悉的元素為題材，創作出和前人不一樣的作品。

選在這本集子裡的作品，都是這種思維下的產物。

〈地球彎彎腰〉藉改變地球傾斜角寫任性的可

怕；

〈字人和我〉描述如何以電腦動畫及電腦遊戲導入人生學習；

〈橘子花〉將回聲與可貴的友誼聯繫在一起；

〈哭彌勒〉藉神話談地球資源與環保的重要；

〈長頸鹿大熊〉談科技的不足恃與人性的不足；

〈遠遠與近近〉寫的是擬人化的天文望遠鏡（世上最有名的天文望遠鏡叫哈伯望遠鏡，它其實是一顆科學研究衛星）和顯微鏡，藉科學的無遠弗屆反思求異與認同；

〈妙妙窗〉是我最喜愛的作品，以微軟公司千變萬化的「電腦視窗」觀想上帝；

〈生病〉探索汙染以後的地球景觀；

〈四季〉是古人說的「若無閑事掛心頭，便是人間好時節」，四時有四時的可愛，無需偏袒；

〈宇宙的渦心〉探索浩瀚的宇宙，除了寄語人類要謙遜外，更要永懷希望，勇往直前；

〈大霹靂以後的一次爭吵〉做一個小小的排隊實

驗，結論是，自然最好；

〈星空動物園〉帶小朋友來一趟奇妙的星空之旅；

〈鐘聲的祕密〉說一說最近流行的衛星定位（GPS），也請小朋友不要忘了親人的關懷。

這些童話，字數由少漸多，程度由淺入深，除了上面所說的內涵之外，希望還能讓人讀出異樣趣味、別種感動。因為，一篇好的作品，它的解讀是多面向性的。

在此，我要謝謝一些曾經勉勵過我，鼓勵過我的朋友。

第一位當然是王家珍老師，〈鐘聲的祕密〉是在她的鼓勵下終稿的，雖然我們素昧平生。

其次是管家琪小姐和王淑芬老師，我曾經在e-mail裡找過她們的麻煩，她們應該早已不記得有

我這一號人物了吧？

　　再來是《國語日報》和《更生日報》的各位編輯小姐和先生，是她（他）們的厚愛，我才有了神奇的童話舞台。

　　最最要感謝的，當然是錦成老師和秋芳老師了，沒有他們的慧眼，就沒有今天的山鷹。

　　最後當然要感謝九歌和她了不起的編輯群，是她們成就了這本選集的出版。

　　末了，我要說，這世界不是絕對的好，它有嫉妒、有醜惡、有悲慘，但讀童話是快樂幸福的事，它讓我們保有一份童真。

　　而童真，是人世間最豐沛的財富。

　　希望大家都來讀童話。

山　鷹 2009 年 8 月 17 日

Fairy & Tales

Part.01

地球彎彎腰

「天氣為什麼還不變冷呢？」眼看著十一月過去了，十二月過去了，最後連一月都過去了，天氣還是和十月一樣溫暖，一點都沒有變冷的感覺，「老祖宗的訓示，好像不靈了。」雁鴨嘎嘎越來越覺疑惑。

北極熊胖胖發覺，以前一到冬天，北極大陸的冰山就會開始連結；現在不一樣了，解凍的冰山不僅沒再復原，高漲的海水還溶解了更多的陸地，讓他的活動空間越來越小。「泡在冰水裡的日子，越來越多了。」為了吃飽，胖胖得花更多的時間，游泳在逐漸遠離的冰層大陸之間，胖胖現在變成了瘦瘦。

企鵝飽飽也沒好到哪裡去。因為天氣變暖了，以前張口就有得吃的魚和蝦，全部不見了，躲到更深的海底去了。出現在眼前的，都是以前沒見過的，速度超快的大魚，怎麼追都追不上，「好餓啊！」企鵝飽飽變成了企鵝餓餓。

最感迷惑的是燕子，「現在到底是春天，還是秋天啊？」燕子想了半天，想歪了頭，也想不出個所以然來。

「誰來告訴我，到底我該發芽，還是該蘊藏呢？」不

★地球彎彎彎腰★

管是花種子、樹種子、紅豆種子，還是綠豆種子，大家根本分不清，何時是春？何時是秋？

人們漸漸發覺，夏天和冬天不見了，接著秋天也不見了，最後連春天也不見了。地球上，冷的地方永遠冷，熱的地方永遠熱，溫暖的區域，永遠溫暖。

全世界一季，不春不秋，不冬也不夏，四季不見了。

地球進入了「無」季。

變成「無」季的地球，漸漸地，好像，歌也少了，詩也沒了，歡笑聲，也稀了……

好多年好多年以後，不管走到哪裡，到處都聽到這樣的哀求——

百花在祈禱：「讓春天回來吧。」

涼風在祈禱：「讓夏天回來吧。」

月桂在祈禱：「讓秋天回來吧。」

瑞雪在祈禱：「讓冬天回來吧。」

小朋友都在祈禱：「讓地球再彎彎腰吧。讓地球再彎彎腰吧。」

這一切，都是地球惹的禍。

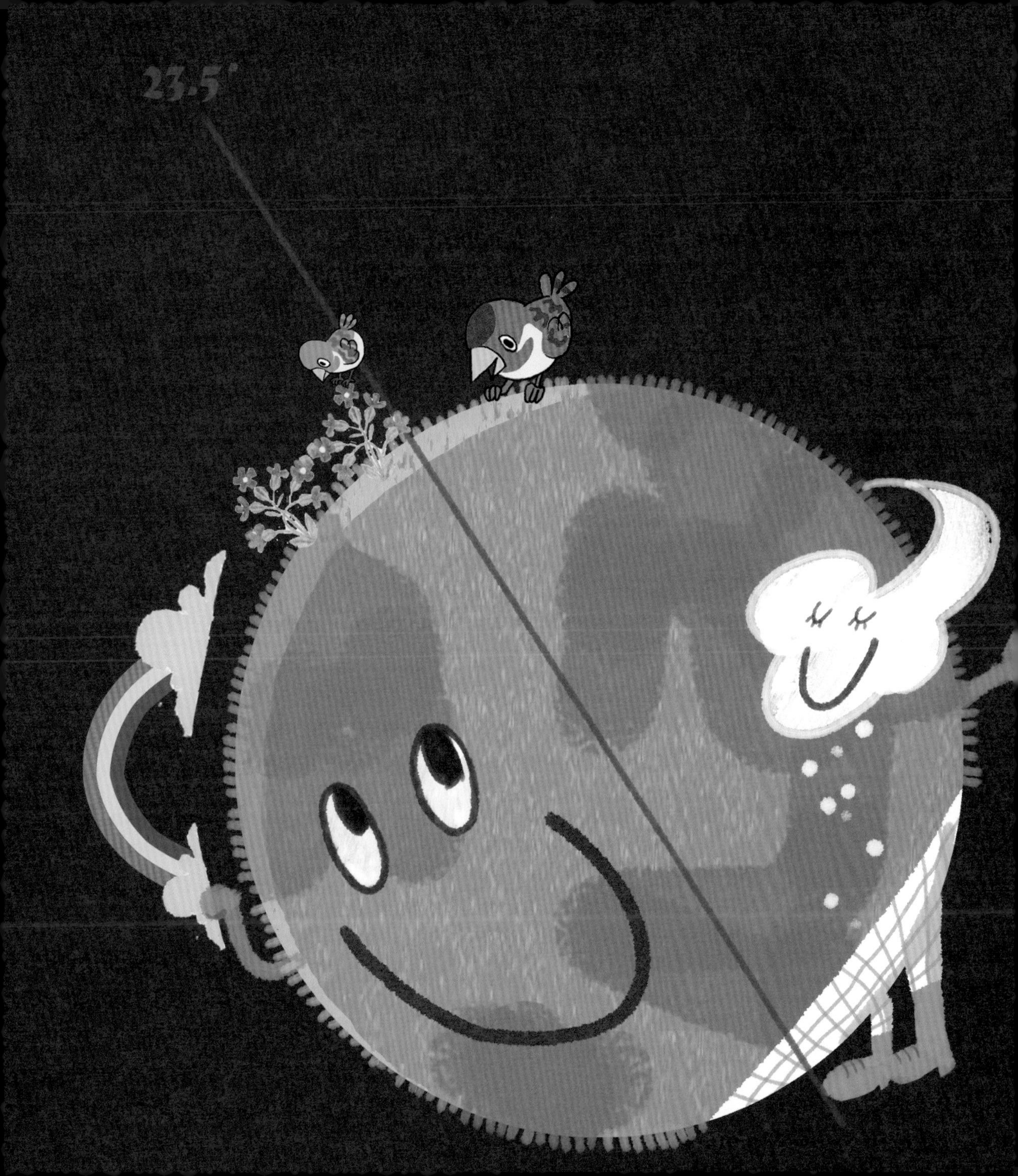
23.5°

自從流行「只要我喜歡，有什麼不可以？」之後，這個世界，開始變得和以前大不相同。

「對啊，難道我就不能偶爾挺直腰嗎？不是說『只要我喜歡，有什麼不可以？』嗎？」地球於是不再彎著腰走路。

「看啊！這樣搞怪多有趣。」地球只顧著自己玩，不管萬物早已遍體鱗傷。

不再彎腰走路的地球，越走越快，先小跑，後慢跑，再快跑，最後竟然百米跑起來，像飛毛腿。

地球先是一年繞太陽一圈，然後半年繞太陽一圈，三個月繞太陽一圈，一個月繞太陽一圈，一週繞太陽一圈，一天繞太陽一圈，繞繞繞繞繞，轉轉轉轉轉……

蚯蚓被轉昏了頭。青蛙被轉昏了頭。

蝴蝶也被轉昏了頭。

樹木被轉昏了頭。白雲被轉昏了頭。

天空也被轉昏了頭。

星星被轉昏了頭。月亮被轉昏了頭。

連太陽，也被轉昏了頭。

「哈哈哈，真好玩。」地球高興地拍掌大笑。

有一天，地球玩累了，整個人癱倒在地上，吐著大氣，再也挺不起腰桿。

地球又恢復回以前彎腰走路的模樣。

奇妙的事情發生了。

萬紫千紅又燃起了生機，春天回來了。

涼風又徐徐吹襲，夏天回來了。

月桂香又緩緩滲入空中，秋天回來了。

白雪又細細飛舞，冬天回來了。

久違的四季，輪流回來了。

人間於是又有了歡樂，小鳥在枝頭唱歌，精靈在樹叢間跳舞，詩人和鋼琴家聯手，譜寫出春夏秋冬的樂章，小弟弟和小妹妹都在嘰嘰喳喳地唱：「地球彎彎腰，四季多美妙！地球彎彎腰，四季妙妙妙！」

——原載 2006 年 4 月 7 日
《國語日報 · 兒童文藝》

　　根據牛頓的計算，地球受月球、太陽和其他行星的影響，像個超大型的陀螺，自轉軸在天空畫圓圈，每二萬六千年畫一圈。

　　因為每二萬六千年才輪迴一次，時間太長了，以人類短短的生命來看，四季好像永遠不變。

★ 地球彎彎腰 ★

Fairy Tales

Part.02

字人和我

Fairy Tales

「你就把我身上的『恕』字拿去吧。」字人指著已經非常單薄的身子說。

自從接到一封未署名的怪異「伊媚兒」後，字人開始每天出現在我的電腦裡。只要一打開電腦，字人就會高興地跳出來對我說：「哈囉！」，然後，對我擠眉又弄眼。

字人是一個怪「人」，身體是字，四肢是字，眼睛耳朵鼻子嘴巴都是字；就連毛髮，也是字。

字人全身上下，沒有一處不是字。

字人跑步時（當然是在我的電腦裡），大的字隨著兩腿跳舞著、中的字隨著手臂擺動著、小的字隨著眼睛閃爍著，字人就像是一隻飛舞在字海裡的蝴蝶，炫極了，也美極了。

字人長得固然很奇特，但，它的學問卻非常非常淵博，保證比百科全書還要百科全書。可字人不是冰冷的百科全書，它會聽、會說、會寫、會走，還會跳。它高興時會手舞足蹈，不快樂時會垂頭喪氣。

每天，無論早晨或晚上，尤其是傷心的夜裡，我喜歡

和字人窩在一起，我說話給它聽、唱歌給它聽、憤怒給它聽，也訴苦給它聽。

　　字人不僅是一位最好的聽眾，也是一位苦口婆心的老師。字人的口頭禪總是「放心啦！天下雖大，沒有我字人解決不了的難題。」

　　字人說得一點不錯，也真的有此能耐，它只要摘下身上的字烙在我心上，我的心馬上舒坦起來，問題跟著解決一大半。

　　有一次，我因為一件小事和弟弟鬧得不愉快，偏偏媽媽護著弟弟，氣得我好幾天不和弟弟說話，整天翹著尖嘴巴。爸爸知道了，勸我當哥哥的要有雅量，讓著點，害我又生了好幾天悶氣。

　　字人看我整天悶悶不樂，懶得和它說話，隨手就變起「字把戲」給我看（那是它的拿手絕活），希望能逗我開心。

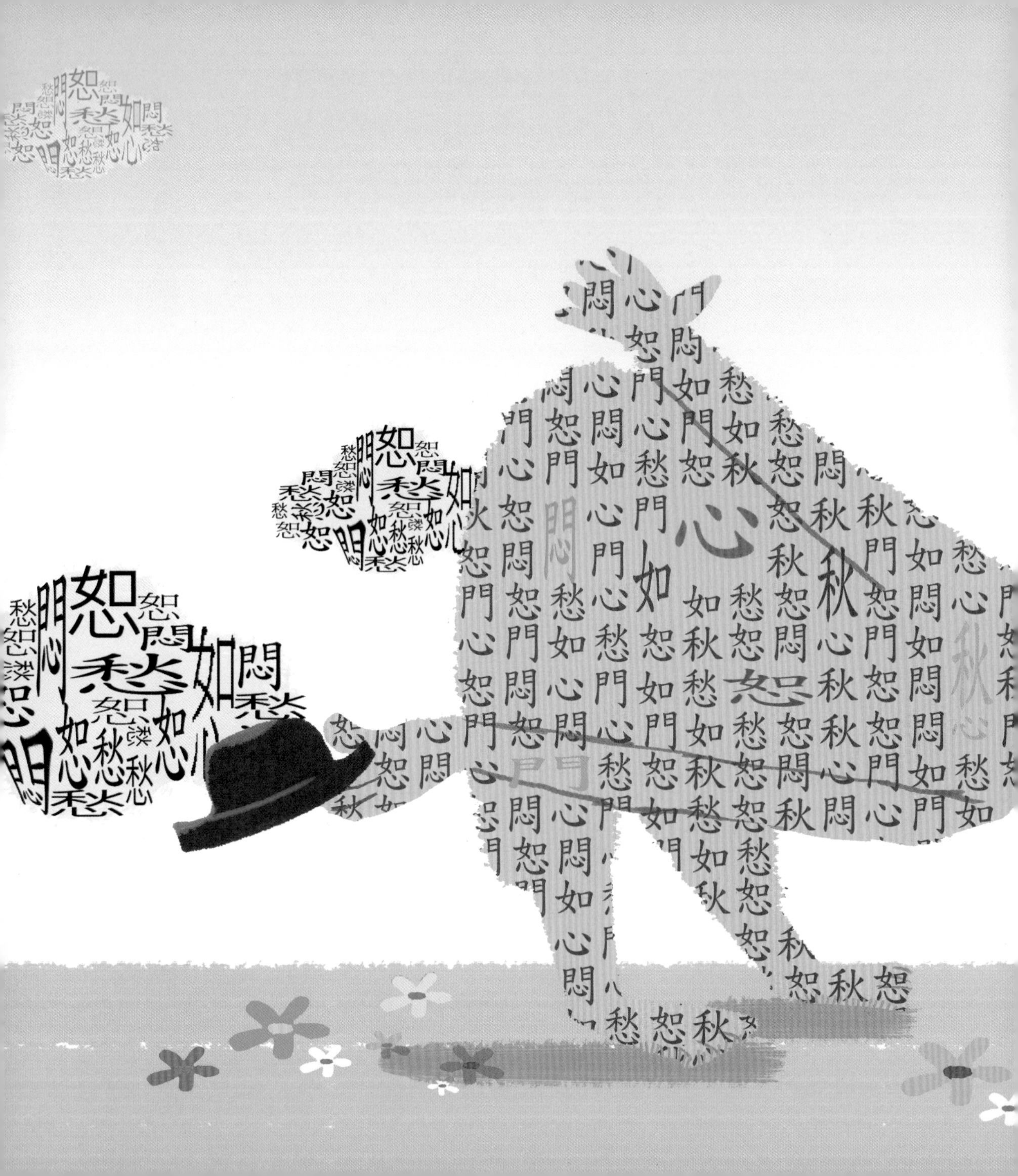

字人的「字把戲」好看極了
──

　　「何處合成『愁』？離人『心』上『秋』。」原來，秋天霸占住離鄉背井的人的心，就是愁啊！

　　「因何『悶』氣生，『心』事鎖『門』中。」字人勸我把心中的不快說出來，我痛痛快快說了，心門因此得以打開，燦爛的陽光射了進來，暖流像春風般拂過心頭。

　　如果我不聽它的勸告，頑固不靈，字人的身體就會像變色龍般，不停變化顏色，「字把戲」像霓虹燈般快速閃爍變換，夾雜著尖銳的呼叫聲，揪住我捆綁我呼喚我，直到我樂意接受，心情轉換為止。

和字人認識了這麼久，如今，我的心中有了「微笑」的「字把戲」，有了「驚喜」的「字把戲」，有了「再見」的「字把戲」，有了「幸福」的「字把戲」，有了……，我的心底，早已累積各式各樣用憤怒、痛苦、煎熬、流淚和努力，辛辛苦苦換來的「字把戲」。

　　這些奇妙的「字把戲」，讓我隨時能夠拿出來思索和使用，以應付在學校裡碰到的種種不順和挫折。

　　每次字人替我解決一件難題，它的「字把戲」就會深深烙入我的心中，字人的體重也會跟著減輕一點。

　　當我的心中存滿了一籮筐又一籮筐的「字把戲」時，字人的體重已經到了骨瘦如柴，身輕如燕的地步。

　　有一天我很擔心地對字人說：「你的『字把戲』都跑到我的心上了，你會不會消失不見啊？」

　　字人的回答很奇怪，至今我還想不明白——

　　「不用擔心，我的體重和你的成長成反比。」

　　不明白歸不明白，還好，字人的體重雖然越來越輕，可是從來沒有生病過，我也就稍微放心了。

但是，今天我實在很生氣很生氣非常生氣，氣死我了。

　　我實在想不明白，我把阿寬當成死忠的朋友，換帖的，我對他這麼好，好到比親兄弟還親還蜜，為什麼，他竟背叛我？

　　今天一早到學校，「草魚」就偷偷告訴我，祕密洩露了。因為，老師碰到他的時候，不僅訓了他一頓，還罰他加掃一星期馬路。

　　第一節課就是老師的國語課，老師鐵青著臉進到教室，整節課寒著臉，空氣中氣壓很低，同學們都不知道，到底發生了什麼事？

　　下課後，老師把我找了去，劈頭第一句就是：「韓鐵生，為什麼你要這麼做？老師平時是怎麼教你的？」

　　「老……老……老師，」看著老師憤怒的眼神，我結結巴巴低著頭心虛回答：「什麼事啊？」

　　「還裝蒜？」老師很生氣，「說實話，為什麼要這樣做？」

　　「老……老……老師，您指的是哪一件事啊？」

　　「哪一件事？『若要人不知，除非己莫為。』還要我

說得更明白嗎？」

看來，老師是真的知道了。

前幾天放學途中，阿寬、草魚和我一起結伴回家。我們三個人因為從小一起長大，住得又近，自然整天瘋在一起。我們自稱是「芝蘭三結義」，平時想些什麼，想做什麼，不用說出來，互換個眼神就知道了。

那一天我們剛巧碰到從城裡回來的李霸，他以前也是和我們玩在一起的死黨。幾年前，因為爸爸經商的緣故，搬到市中心去了。

李霸看到我們非常高興，立刻掏出香菸，要請我們抽。

我們本來不願意，打死也不抽的。但是，哪有人不愛面子的？經不起李霸一再地煽動和激將，說什麼男子漢大丈夫，哪有不會吞雲吐霧的？說什麼不敢抽菸的是趴趴熊、軟腳蝦，說什麼……

唉！為了證明我們都是男子漢大丈夫，既不是趴趴熊，也不是軟腳蝦，最後，我們都「勇敢」抽了。

說實在的，抽菸一點也不好玩，更不好受，抽了第一

口，我就開始後悔了。

這件事除了李霸和我們，沒有別人知道。李霸當晚就回城裡去了，不可能是他洩的密。我們三個人又擊掌約定，絕不洩露出去半個字。老師是怎麼知道的？

「我真的不明白老師說的是哪一件事？」死鴨子硬嘴巴，我絕對不能承認。

「還嘴硬？……」老師很生氣，「李明寬通通都告訴我了。」

啊？原來是阿寬洩露的。

「李明寬還說是你起頭的。看看你，平時我是怎麼教你的？虧你還是班長，太不應該了。」

我低著頭不敢出聲，心裡暗罵：「阿寬，你太不夠意思了，『兄弟』的道義擺到哪裡去了？」

最後老師加罰我洗廁所一個月，因為我「貴」為班長卻不誠實。

阿寬也被處罰擦黑板一個星期。

擦黑板和洗廁所根本不能相

比，一個月和一個星期也差太多了。

我對阿寬真是太生氣了，我要和他斷絕「兄弟」關係。

回家後，我把事情經過一五一十全部告訴字人，請問它我該怎麼辦？

「『恕』是什麼意思？」

「先不要管『恕』是什麼？如果你肯像從前一樣，毫無芥蒂地和李明寬走在一起、玩在一起，『恕』就會讓你明白它是什麼。」字人回答。

「怎麼可能？阿寬太不夠意思了。我一輩子都不會原諒他。」

「一定可以的。想想你們以前的快樂時光，難道真的就這樣一刀兩斷嗎？何況，這其中也許另有隱情也說不定。」

「隱情？不可能！我絕不原諒他。」

「這是我最後能給你的字了。」字人幽幽地說，「我相信，你一定做得到。」

一星期過去，兩星期過去，一個月過後，我的怒氣漸漸消了。

想起以前和阿寬一起發瘋的快樂日子，我們曾經這麼親近，比親兄弟還親，就算他真的對不起我，我原諒他了。

古人不是說過什麼「宰相肚裡能撐船」嗎？雖然我不是宰相，但是老師說，做人要「見賢思齊」，更何況，阿寬的錯也沒大到輪船那麼大。不！根本連漁船那麼大都沒有。不！不！不！頂多，只是一艘玩具船罷了。

當我的心真的寬恕了李明寬，我們三個人又玩在一起了。

事後我才明白，阿寬並沒有出賣我。

那一天我們三個人偷抽菸，無巧不巧被陳嘉涵的爸爸看到。陳嘉涵的爸爸和阿寬的爸爸是小學同學，兩家原本就走得近。阿寬的爸爸知道後，質問阿寬怎麼一回事？阿寬只好一五一十全招了。活該我們倒楣，那一天老師正好在阿寬家做家庭訪問，一切就這樣洩底了。

當字人的「恕」字深深印入我的心底時，我發覺，字

人的身體變得更加稀薄透明，簡直快看不見了。

　　第二天夜裡，當我打開電腦想和它聊天時，發覺再也找不到字人的蹤跡了。

　　字人消失不見了。

　　字人終於走了。可是，我又隱隱約約覺得它還在，並沒有真的離開我。

　　我終於明白，字人說的——

　　「不用擔心，我的體重和你的成長成反比。」是什麼意思了。

——原載 2008 年 1 月 17 ～ 18 日《國語日報·兒童文藝》

★ 字人和我 ★

科學動動腦

　　你曾經到過美國的迪斯耐樂園嗎？記得那一位「聲光電子人」嗎？如果有一天，他跑到你的電腦裡和你做朋友，你希望他教會你什麼？

Part.03

橘子花

Fairy Tales

翻山猴孤獨站在角落裡。

翻山猴越想越覺委屈，明明就是他的點子，偏偏院長不信，還冤枉他偷竊別人的好主意。

院長罰他在角落裡反省，不准吃晚餐，連片橘子瓣都沒有。

「咕嚕——咕嚕——咕嚕咕嚕——」不爭氣的肚子一直叫，好像在抗議他活該，誰叫他平時既頑皮又愛搗蛋，老是欺侮同伴。難怪無論他如何申辯，院長就是不相信。

肚子越來越餓，越餓越不爭氣，偏偏這時耳朵又特別靈敏，水牛佳佳吃撐了的打嗝聲像雷鳴，一陣一陣貫進他的耳朵；飯廳裡平時不怎麼樣的白飯和蔬菜，這時好像變得特別香，攪得他胃酸直流，難過死了。

「明明就是我的點子嘛，院長真是老糊塗。」翻山猴越想越氣。

這次比賽，大家想破了腦袋，就是想不出好方法，連一向有「小孔明」之稱的大象聰聰都一籌莫展，無計可施。

比賽的題目是計算出「惡魔斷崖」到對面山壁的距

★ 橘子花 ★

離，斷崖距離山壁，最少百公尺以上，至於距離地面，少說也有千丈，不小心摔下去，一定會跌個粉身碎骨。

當大家坐困愁城，你看著我，我看著你，面面相覷時，翻山猴說話了。

「其實方法很簡單……」翻山猴說，「只要利用聲音就可以得到答案了。」

「什麼意思？」河馬莉莉滿臉疑惑。

「只要山獅阿飛對著山壁發出獅吼，當聲音碰到峭壁時會反射回來……」翻山猴解釋說，「把發聲到聽到回音的時間除以二，再乘上聲音的速度，就是距離了。」

「哇！你好聰明。」平時有點討厭翻山猴的孔雀朱朱拍著手說。

「對！就這麼辦。」山豬阿牙大聲叫好。

「這真是一個好辦法。」平時不太看得起翻山猴的鱷魚噩噩，都不得不豎起拇指直說讚。

使用翻山猴的好點子，大象聰聰他們這一班終於贏

得最後勝利。

　　慶功宴的晚上，院長特別嘉獎他們，每人飯後多加一顆大橘子。但是，大功臣翻山猴不僅沒有，還被罰站面壁思過。

　　「這個方法是誰想出來的？」
　　「我！我！我！是我！是我！」翻山猴不等院長問完，猴急地在桌椅上翻上滾下，大著嗓門搶先回答。

「真的是你嗎？」院長露出滿臉
的狐疑。

「明明就是我的點子嘛。」

「真的是你想出來的嗎？」院長
特別再問一次，想起翻山猴平時調皮搗蛋的樣子，院長實
在無法相信，這麼聰明的辦法，竟然是「猴腦袋」想出來
的。

「不可以搶別人的功勞哦。」院長以懷疑的口氣又叮
嚀了一次。

「我沒有搶別人的功勞……」翻山猴大聲抗議，「院
長不要不相信，年紀大了變成老糊塗。」

「你說什麼？你——你——你——，太不像話了。」
院長氣得滿臉通紅，脖子漲得像樹幹。

「馬上到牆角去罰站，罰你今晚沒飯吃，站到悔過為
止。」

可憐的翻山猴就這樣，孤獨地站在角落裡，看著大家
高高興興地吃著、玩著，笑著、唱著。

「噓！翻山猴，這個給你吃。」

半夜裡黃狗阿富出現在翻山猴背後，手裡拿著一個橘子。

翻山猴嚇了一跳。

從傍晚站到現在，沒吃沒喝的，他早已兩眼發暈，雙腿發軟，快撐不下去了。

翻山猴接過橘子，感覺冰冰涼涼、鬆鬆散散的，低頭一看，發覺是一個去了皮、橘瓣有大有小的「合成橘子」。

「這是怎麼回事？」

「我們都知道，這一次比賽，你的功勞最大，院長冤枉你了。」黃狗阿富說。

「因此，我們決定每人捐出一瓣橘子，組成一個完整的橘子送給你。」轉角處閃出了孔雀朱朱。

「一瓣是我的。」山獅阿飛也站了出來。

「我也一瓣。」山豬阿牙接著說。

「我也一瓣。」「我也一瓣。」……
河馬莉莉、大象聰聰、水牛佳佳都來了。

「最後一瓣是我的。」連最討厭翻山猴的鱷魚罡罡也爬來了。

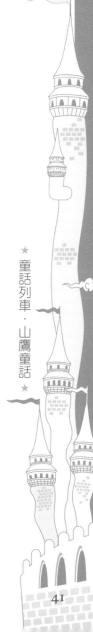

「一、二、三、……、八、九、十、十一、十二。」翻山猴小聲數著手裡的橘子瓣，淚水開始在眼角溜溜打轉。

「你的橘子是大家給的。」走廊盡頭，現出院長長長的影子和慈愛的聲音，背後跟著花貓喵喵、羚羊玲玲，再後面是斑馬斑斑和長頸鹿長長。

「我冤枉你了，翻山猴，你趕快吃了大家合送的橘子吧。」院長說。

看到同伴如此關心他，翻山猴終於抽抽噎噎哭了起來，手一鬆，橘子一瓣一瓣裂開，像一朵橘子花，在心底越開越大，越開越大……

——原載 2004 年 7 月 14 ～ 15 日《國語日報 · 兒童文藝》

科學動動腦

回聲除了可以用來計算距離外，還能做些什麼？聰明的你，想一想，告訴我。

Part.04

哭彌勒

「唉啊！怎麼回事？」

「太不可思議了！」

「天啊！怎麼會這樣？」

一大早，「彌勒佛堂」前就圍了一大堆人，大家竊竊私語，臉上都是一副不解和驚訝的表情。

「笑彌勒不見了。」

主殿上原本供奉的彌勒佛，笑口常開的「笑彌勒」，竟然，不見了。現在端坐在殿堂上的，雖然還是彌勒佛，卻換了一尊瘦瘦扁扁，哭喪著臉，眼淚就快流出來的──「哭彌勒」。

更令人不解的是，主殿廊柱上的詩句也全換了……

右聯原本是：「大肚能容，容天下難容之事。」

現在變成了：「扁肚不容，容不下毒光射線。」

左聯原本是：「笑口常開，笑世上可笑之人。」

現在變成了：「哭聲號啕，哭世上可憐的人。」

「到底發生什麼事啊？」鄉民們議論紛紛，百思不

★
哭
彌
勒
★

44

解，「難道是彌勒佛在預告災難要發生嗎？」望著堂上的哭彌勒，鄉長的臉整個快垮在一起了。

「哎呀！怎麼回事？」兜率宮裡憂心忡忡的彌勒，一邊擦著身體，一邊噴灑著香精。

最近不知道為什麼，彌勒發覺自己非常非常容易流汗，只要稍稍微動一下，汗就流個不停。如果只是小流汗，那還好，古諺不是說「心靜自然涼」嗎？以他的萬年修為和無邊佛法，靜心應付一下就可以了。

偏偏不曉得流的是什麼怪汗，莫名其妙一直流一直流，流流流，害他連擦都來不及擦。更令人討厭的是，流的都是使人不忍卒聞的惡臭汗，這一點讓他羞得連堂門都不敢踏出半步，就怕不小心遇到其他的神仙，對他指指點點，竊竊私語，讓他面子盡失，無地自容。

佛典上記載

說：「佛祖降世，奇香四溢。」如果讓人發覺，他不僅沒有奇香，還流著惡臭，那，那，那，他這個佛祖還做不做啊？名聲不就全毀了？

彌勒分分秒秒都在嚷著：「到底怎麼一回事啊？到底怎麼一回事啊？」

每天早上一坐完禪，彌勒立刻就拿起藥師佛藥典猛翻，希望能找到回復健康的良藥或密方，可惜連續幾週下來，連個眉目都沒有。

當然啦，他的笑臉也就繃得越來越緊，越來越無法笑出來，最後終於變成一尊哭喪著臉，又瘦又垮的「哭彌勒」。

最近從西方阿彌陀佛那邊傳回來的消息，東方的玄冰老祖啦、南方的南極仙翁啦、北方的北極老人啦，也都生病了。

更勁爆的消息說，休息了幾萬年的女媧娘娘，不知道為什麼，又在開始煉她的七彩玄石了。

消息是這樣的——

《天宮報》報導：

女媧娘娘自從以她的九天玄石修補完「玄天」漏洞後，大功告成，從此天地和諧，萬物生養不息。

可是，最近「玄天」又出現了一個大漏洞，從漏洞裡流進來的毒光和射線，害神仙都生病了。

「啊？！原來是『玄天』有了漏洞，難怪我會生病。」彌勒終於明白自己生病的原因了。

「從洞外流進來的到底是什麼毒光和射線啊？這麼厲害！我該去探訪一下女媧，看看能不能幫上個忙。」這樣想著的彌勒立刻駕起祥雲，往女媧娘娘住處急速飛去。

「漏洞外面流進來的，到底是什麼東西啊？為什麼連法力無邊的神佛都生病了？」九天玄洞裡，哭彌勒頭上戴著

「七彩隔離鏡」，兩眼注視燃著熊熊烈火的「破天雲爐」問女媧。

「你聽過『臭氧』這種東西嗎？」女媧舉起「玄雲鎚」邊敲邊打邊回答。

「『臭氧』？什麼是『臭氧』？我只聽說過臭豆腐。」

「哼！你還有心說笑。『臭氧』是一種防護罩，可以擋住『天外天』飛來的毒光和射線。」

「哦？毒光和射線又是什麼？」哭彌勒問。

「那是一種有害的紫色分子，不僅荼毒生靈，還造成暖化。」女媧擦了一下不斷流下的汗水喘息說，「按照估算，如果漏洞不趕快補好，到這個世紀末，地球就會整個被大水淹沒了。」

「哇！這麼嚴重啊？那，那，那，怎麼辦？」

「這都是人類造成的。他們是咎由自取。」

「嗯，的確是這樣。不過……話說回來，如果地球毀壞了，人類滅亡了……」彌勒越想越害怕，「那，誰來供奉我們神佛啊？」

「說的也是。所以我必須趕快再煉石補天。」女媧一邊說，一邊舉起火紅的「玄雲槌」用力搥打玄石，只見青

★
哭
彌
勒
★

藍火光四處激迸，還伴著隆隆的雷響。

「不過，人類太可惡了，如果他們不懂得從這次經驗學會教訓，下次就讓他們自生自滅好了，我不管了。」

「是該給他們一些警告。不過，這一次連我們神佛也遭殃了，我看，這個忙妳非幫不行。」

「唉，真不知道人類什麼時候才會懂得珍惜，地球可是整個太陽系裡唯一有生機的星球呢。難道，他們真的想毀滅地球不成？」女媧說完，接連又唉嘆了一陣子。

「這次『補天』妳有幾成把握？」彌勒面露憂愁擔心地問。

聽到彌勒這樣問，女媧拿起已燒得青藍的玄石，一邊仔細端詳一邊回答：「那就要看老天的旨意了。老實說，我一點把握都沒有，從沒看過這樣厲害的毒光和射線。」

「那……那……那……萬一漏洞無法補好，我的惡臭汗豈不是……？」不敢再想下去的彌勒，哭臉越拉越長，想到害怕處，「哇！」一聲哭了出來，成為名副其實的──「哭彌勒」。

——原載 2009 年 5 月 11 日《更生日報 · 副刊》

臭氧層可以保護人類不受外太空各式各樣射線的迫害，為什麼？

哭彌勒

Part.05

長頸鹿大熊

「『長頸鹿大熊』來了，大家快閃吧。」

校園裡東一群西一簇，玩得開開心心的同學，一看到大雄遠遠走來，馬上一溜煙般四散走避，好像見到鬼一般。

大雄難過極了。

如果能夠恢復到從前，他一定不會想要這個讓他變成「長頸鹿大熊」這種恐怖綽號的魔鬼「超頭腦」了。

大雄以前愣頭愣腦的，不是很聰明，甚至於可以說有點笨。但是，同學都很喜歡他。因為，他總是笑口常開，惹人喜愛。

有誰不喜歡和笑臉人做朋友呢？

其實，大雄心中有一點遺憾，他常常夢想著：「如果我能夠聰明點，那就更好了。」

大雄的惡夢是從他實現了夢想以後開始的——

長頸鹿大熊

「好棒啊！我能飛了。」

一隻小蝸牛，振動著新裝的翅膀，兩眼發光，喜孜孜從大雄眼前飛過，一邊飛一邊興奮地喊著。

太神奇了！如果不是親眼看見，眼前發生的事，實在令人無法相信——長腿龜、隱身鼠、閃電兔、電眼蛇、刺蝟猴、變身蚯蚓……

大雄一邊看著，一邊想著他希望得到的夢想。

「大雄，要怎樣才能報答你？」萬能醫生說，「任何希望，我都可以幫你實現。」

若不是在一個偶然的機會裡救了「萬能醫生」，以他的古怪脾氣和原則——絕對不幫人類圓夢，大雄根本連「動物圓夢醫院」的門都進不了，更別說提出夢想和希望了。

「真的可以嗎？醫生伯伯，我我我……」

「是的。任何希望都可以。慢慢說，別急。」

「那麼我就說了……」大雄吞了吞口水，舒緩一下興奮的心情繼續說：「我希望能有一個發光的頭腦，不管讀過什麼書，念過什麼課文，永遠不會忘記。」

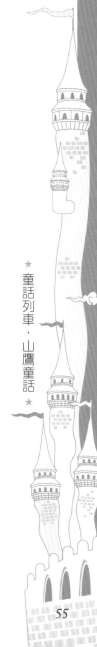

「哦，發光的頭腦？」

「我還希望，計算能力又快又正確，每次搶答都得第一名，⋯⋯我希望能夠像愛因斯坦一樣聰明。」大雄吞吞吐吐說出他的希望，一個長久以來藏在內心深處，不可能實現的夢想。

「我知道你的願望了，大雄。你想要有一個像電腦一樣的『超頭腦』，對嗎？」

「對！對！對！這就是我的夢想。」

「好吧，我就幫你裝一個『超頭腦』吧。但是，我必須事先提醒你，『超頭腦』一旦裝上後，會有很多麻煩和後遺症哦，你怕不怕？」

「不怕！」被興奮沖昏頭的大雄，哪裡還管會有什麼後遺症。

自從裝上「超頭腦」後，大雄變得非常非常聰明，聰明得不得了。以前老師的問題，他不是坐著乾瞪眼，就是十答九錯。現在不一樣了。不管大考小考，段考期末考，任何考試，每一次都考一百分。念過的書更是一字不忘，倒背如流。參加全國心算比賽，比十段高手還厲害，大雄

還年年入選國家代表隊，出國比賽贏得的獎杯，展覽室都快放不下了。

　　大雄很快就成為學校的風雲人物，也變成了全國的知名人物；電視台爭著訪問他，總統還特別召見嘉獎，大雄的名聲，簡直到了如日中天的地步。

　　成為名人的大雄，頭越抬越高，脖子也越拉越長，遠遠看去，好像一隻長頸鹿，同學們背地裡都改叫他「長頸鹿大熊」，可是他一點不以為意，照樣我行我素。

　　不僅如此，老師的教導，他也不放在心上，還常常在大庭廣眾之下，指責老師的錯誤。囂張驕傲的態度，讓他又贏得了「惡大熊」的綽號。

　　「我雖然愛老師，但是我更愛真理。」大雄總是自以為是，總是以一些似是而非的歪理，為自己的不禮貌行為辯護。

　　「醫生伯伯，求求您，幫我拿掉『超頭腦』好不好？」

　　「咦？你不是大雄

嗎？裝上『超頭腦』不是你的願望嗎？」

「您不知道，雖然我變聰明了，但是我現在連一個朋友都沒有……」大雄傷心地說，「同學都不理我了，老師一看到我，遠遠地就避開了。」

「那你至少還有愛你的爸爸和媽媽啊？」

「您不知道，自從裝了『超頭腦』以後，再也不需要爸爸媽媽督導我做功課了。我覺得爸爸媽媽都笨頭笨腦的。有時候，我還真懷疑，怎麼會有這麼笨的爸媽？」

「大雄，這就是你的不對了，怎麼可以這樣批評爸爸媽媽？」

「我知道我錯了，可是太晚了……」

「有一天晚上，媽媽好心幫我檢查功課，發現我的功課都沒寫，隨口念了我幾句，我一氣，就……大聲頂了回去。」

「怎麼這樣？……然

「後呢？」

「爸爸聽到叫聲，出來問明原委後，立刻和媽媽一起罵我，還打我，叫我跪下，要我好好反省反省。」

「那，你怎麼辦？」

「這一下我更氣，脫口大喊：『我不是你們生的孩子。我這麼聰明，你們這麼笨。』」

「大雄，你怎麼可以這麼說？」

「我知道……我錯了，可是太晚了。爸媽當時氣壞了，馬上把我趕出家門，叫我以後不用回家了，還說……他們沒有這麼『聰明』和『無知』的小孩。」

「醫生伯伯，我怎麼辦？我怎麼辦？」大雄抽抽噎噎地說，越哭越大聲。

「大雄，『超頭腦』把你變聰明了，但也把你變自大了。」

「我所以不願意為人類進行手術，就是因為有些人一旦變聰明後，往往就忘了自己的分寸……」醫生無奈地說。

「我再也不敢了，醫生伯伯。求求您！求求您！求您立刻幫我拿掉『超頭腦』好不好？」

「我寧願還是從前的我，雖然不是很聰明，但是有同學可以互相幫忙；可能有點笨，但是有朋友可以一起玩遊戲。有愛我的老師，有爸媽可以依靠，有……」大雄低著頭說。

　　「好吧。我就幫你拿掉『超頭腦』吧。」

　　恢復成平常人的大雄，依舊愣頭愣腦的，老師的問題還是常常答不出，但是因為虛心和努力，同學漸漸又回籠了，朋友也開始多了起來，老師也不再見到他就遠遠避開了，大家都說：「『長頸鹿大熊』不見了，『笑臉大雄』回來了。」

——原載 2004 年 10 月 25 ～ 26 日《國語日報・兒童文藝》

科學動動腦

　　你知道電腦的內含和外掛記憶體，有一天會變成「雲端計算器」嗎？

　　那一天來臨時，我們每一個人可能都會忘記如何計算。

★ 長頸鹿大熊 ★

Part.06

遠遠與近近

Fairy Tales

「遠遠」的媽媽發覺，最近「遠遠」總是一副無精打采，魂不守舍的模樣，問他怎麼了，卻又支支吾吾不肯說明。

　　「遠遠」以前不是這個樣子，每天高興快樂地上學，回家後拉著媽媽，興高采烈說著學校裡發生的事，一籮筐又一籮筐，說都說不完。

　　因為，「遠遠」永遠都是故事的主角，話題總是圍繞著他。

　　這都要歸功於「遠遠」家族的特異功能，無論距離多遠，即使遠到青山頂頭，白雲盡處：更或者，遠到嫦娥居住的月亮，牛郎織女會面的星空鵲橋，「遠遠」家族都能一覽無遺，一窺究竟。

　　「遠遠」尤其是其中的佼佼者，小小年紀就把天賦異稟發揮得淋漓盡致，無與倫比，大家都說，「遠遠」將來一定是一位偉大的探險家。

　　一直以來，「遠遠」也以成為全宇宙最頂尖的探險家自許，每天高高興興上學，快快樂樂回家，日子過得好不愜意。

遠遠與近近

最近學校來了一位轉學生改變了這種狀況，「遠遠」起初不以為意，一段時間以後，「遠遠」發覺大事不妙。

轉學生名叫「近近」，雖然不能像「遠遠」能夠看到很遠很遠的事物，卻可以看到很近很近，一般人無法看到超級近的東西。

舉個例子說吧，他會告訴你頭髮尾端的分岔是左岔左，還是右岔右；他甚至還可以告訴你，躲在爺爺奶奶皺紋山谷裡的「歲月蟲」，怎樣啃蝕爺爺奶奶的年輕歲月。

「近近」沒來以前，學校裡發生的大大小小稀奇古怪的事，永遠以「遠遠」為中心，「近近」來了以後，以「遠遠」為焦點的事情變得越來越少，有時候甚至變為零，「遠遠」覺得很不是滋味，但礙於長輩的教訓，又不好說些什麼。

「遠遠」的爺爺常說：「我們是看遠的人，心胸一定要開闊。」爸爸也說過：「心胸越開闊，才能看得越遠。」

爸爸的話沒錯，「遠遠」發覺，只要他一有嫉妒「近近」的心，就再也看不清遠處山頭白雲的流動，或者青色

森林上金鷹的飛翔。一旦心生恨意，輕則眼睛開始變花變黑，即使近在眼前的桌椅，都看不清楚；重則整天無法閉眼，根本無法休息，累得眼角長出一條條可怕的「淚蟲」。

「遠遠」害怕死了。

「我到底該怎麼辦？」每天「遠遠」都問自己好幾遍這個問題，想告訴爸爸又怕爸爸罵，說他心胸不夠寬大。想請教爺爺，也怕爺爺笑，笑他小小年紀就學會懷疑，難怪會長出「淚蟲」。

其實，「近近」的日子也不好過，不是「遠遠」想的那樣。

最近頻繁發生在「近近」周邊的事，沒轉學以前就已經發生過了，「近近」就是因為生活不堪其擾，想過正常的日子，所以不停地轉學，最後轉到「遠遠」的學校來。

初來時，雖然還是避免不了同學們異樣的眼光和好奇的追問，但是因為有「遠遠」的存在，同學們好奇的程度，沒有以前那麼劇烈，讓他省去了不少麻煩。

「我應該謝謝『遠遠』的幫忙。」日子安靜下來以

後，「近近」惦記著要和「遠遠」見上一面，好好暢談一番，感謝他的存在和分憂，可惜各忙各的，總是緣慳一面。

一個明亮美麗的下午，「近近」終於在學校「靜月潭」的路上遇到了「遠遠」，兩人彼此細細打量著對方，心中不由升起一股相見恨晚的感覺。

「近近」覺得，「遠遠」真是一個了不起的人，看得又遠又清楚卻不驕傲。

「遠遠」也覺得，「近近」真是一個不得了的人，看得夠細夠明白卻不自豪。

「你好！我是『近近』。」

「你好！我是『遠遠』。」

「聽說你能看得遠又清楚，什麼都難不倒你，真了不起。」

「哪裡哪裡，

也不是什麼都看得見，像眼角的『淚蟲』和皮膚山谷裡的『歲月蟲』，我就看不見，你才了不起。」

「不不不，你太抬舉我了。看得到『淚蟲』和『歲月蟲』並不是什麼好事，每次我說出他們的存在和位置，身體的主人就傷心得不得了，我實在不想看到他們傷心的模樣。」

「說的也是。我也不想每次都看到別人看不到的東西，說出來破壞了美感。」

「哦？怎麼說，能舉個例嗎？」

「例如圍繞在土星周圍的土星環，其實只是一層層的冰塊和石頭；又像是美美的月亮玉盤，說穿了，根本就是一塊反射太陽光的大石頭。」

「嗯，看得太清楚，有時反而把美感都破壞掉了，這一點，我深有同感。」

「哦，你看得這麼近，也有這種問題嗎？」

「怎麼沒有。」

「說來聽聽。」

「你知道吳大美人吧？大家都說，她美得令人無法逼視，事實上也──『的確如此』。在我眼裡，吳小姐的臉

又是坑又是洞，哪裡稱得上美，根本就是一個醜八怪，令人無法卒看。可是，這些話我能說嗎？」

「嗯，是不能說。」

「那你一定能了解我的痛苦了。」

「這一點我完全認同。甚至於……」「遠遠」意有所指說：「我還比你更慘呢！」

「真的嗎？大家都說你很快樂？」

「快樂是裝出來的，如果連我也每天愁眉苦臉地過日子，那，別人怎麼辦？」

「的確。不過，話說回來，到底什麼事讓你覺得比我還慘呢？」

「如果看到的趣事妙聞不能說出來，你覺得我會快樂嗎？」

「哦，有什麼趣事妙聞是不能說出來的呢？」

「多得很呢。你想聽聽嗎？」

「嗯。」

「當你半夜裡看到月亮小姐咬著星星王子的耳朵，明明是美事一椿卻不能說出來時，你會快樂嗎？」

「不會。」

「當太陽同時高興地梳著南北極的臉頰，腳踏兩條船的心情昭然若揭，而我卻不能告訴南極小姐和北極姑娘真相時，你會快樂嗎？」

「的確不會。」

「唉，令人不快樂的事情太多太多了。」

「可是，大家一直都很羨慕你，難道不是一件很快樂的事嗎？」

「別人也很羨慕你，你覺得是一件很快樂的事嗎？」

「他們只看到我獨特的一面，以為我很了不起。至於悲痛的一面，則全無所覺。其實，我覺得『平常』才是最大的快樂，因為——『平常』人的朋友最多。」

「說的對極了，有了你這位朋友，我開始覺得自己真正有點快樂了。」

「我也是。」

——原載 2008 年 4 月 18～19 日《國語日報‧兒童文藝》
本文榮獲九歌 97 年童話獎

科學動動腦

你知道「哈伯望遠鏡」是目前世上看得最遠的眼睛嗎？她是人類探索外太空的一顆科學衛星。

你知道目前世上看得最細的眼睛叫什麼名字嗎？

Part.07

妙妙窗

火螞蟻安安覺得，這個世界的窗戶越來越多，多到數都數不完了。

火螞蟻安安覺得，這個世界的窗戶越來越怪，怪到牠都快昏頭了。

火螞蟻安安覺得，這個世界的窗戶越來越有趣，有趣得讓牠能夠任意穿梭時間，變換空間。

安安早就厭倦一成不變的生活，每天不停地找食物、搬食物、貯藏食物，每天不停地爬上爬下、爬進爬出，牠覺得日子單調平凡死了，一點都不刺激好玩。

「這種生活，實在有夠無聊。」

「如果，能夠到大海裡或藍天上玩一玩，多好啊！」安安憧憬著。

說有多奇妙就有多奇妙，第二天，當安安揉著惺忪的睡眼醒來時，牠發現自己躺在柔柔的白雲上，風兒正使勁推動著牠，一下子往東搖、一下子往西擺；忽然往上鑽、忽然往下衝。

「怎麼一回事啊？」安安好驚訝。

忙碌的同伴不見了，地洞不見了，連女王都不見了。

安安有點驚慌，但牠訓練有素，不久就鎮靜下來了。

「也好，就讓我仔細瞧瞧這個新世界吧！」安安打從心底喜歡。

騎著白雲，安安就像是齊天大聖，勐斗雲一翻十萬八千里，早上才看過聳入雲天的台北一○一大樓，下午就飛過自由女神高舉的火炬。傍晚來臨時，西天抹上了燦爛迷人的晚霞，安安第一次化身其中。當美麗的星星陸續升起，一眨一眨閃動她們多情的眼眸時，安安興奮地從下面飄飄飛過。

「這是真的嗎？和平凡單調的地面生活比起來，天空的世界真是有趣多了。」安安張大眼睛注視周圍的一切，暗地裡用力擰了一下自己，「哇！好痛。」證明這不是夢，一切都是真的。

「飛啊！飛啊！」安安高興地大喊大叫，不知道危險正悄悄逼近。

說時遲，那時快，一隻蝙蝠張開大口，對著安安直衝而來。

慌亂間安安縮身躲避，一個重心不穩六腳踏空，整個身體從雲端翻滾直落而下，墜落的速度越來越快，越衝越

急，安安感覺自己快要窒息無法呼吸了。

「哇！這一下沒命了。」安安大叫。

「誰說的？」忽然耳邊響起一個聲音，「我幫你換個『窗』吧。」

說有多奇怪就有多奇怪，安安突然發現，身體四周到處都是游來游去的魚群，五顏六色的水草輕輕撫弄著牠的臉，海水柔軟得像棉絮。

安安發覺，自己戴著氧氣罩，在海裡自由自在地游來游去。

「太不可思議了！螞蟻也可以像魚一樣。」

不可思議歸不可思議，安安如「蟲」得水，努力地划動六腳，舞動觸鬚；盡量地張大眼睛，四處張望，安安開開心心玩了起來。

「這個浩瀚的海洋，到底藏著多少寶藏啊？」安安終於可以一窺究竟了。

「就讓我好好玩一玩海吧！」安安從來不敢想像，螞蟻竟然可以在海裡生活。

安安從台灣海峽開始玩，

★妙妙窗★

玩過東海玩南海，玩完南海玩北海、玩西海。

安安玩遍四海改玩大洋，安安計畫從印度洋開始，一直玩到大西洋和太平洋。

「海洋真是大啊！」安安玩到筋疲力盡，體力不支了，還玩不到海洋的萬分之一。

這一天，安安來到了北冰洋，舉目到處是巨大高聳的冰山和冰柱，從水中往上看，陽光映照在冰面上，曲折穿梭，一下子反射，一下子折射，冰山像琉璃般光彩亮麗，明豔四射。

安安正看得出神，忽然轟隆隆的巨大聲響，冰層排山倒海般襲捲而來，轉瞬間就把安安裹住，直往深海底層奔撞而去。

「這一次鐵定沒命了。」安安心裡七上八下噗通噗通狂跳。

「有我在，不用怕。」上次奇怪的聲音又出現了，「我再送你一個特別的『窗』玩玩吧。」

說時遲那時快，安安不但沒有喪命在深海裡，還好端端地躺在小男孩忠穎的電腦裡。

這一次，安安陪著忠穎一起住在二十三世紀，他們正

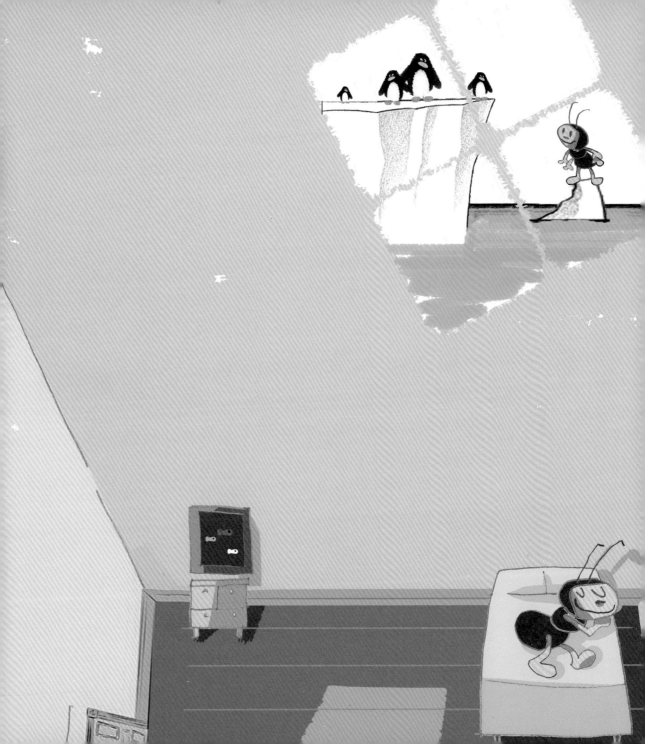

搭乘時空飛船往銀河深處飛去。

「真是難以想像啊！」安安張大了嘴巴，原本晶瑩美麗的星星，當飛船飛過時，一顆顆都變成了醜醜的石塊。當他們經過土星的層環時，原以為會看到令人瞠目結舌、目瞪口呆的景象，沒想到一圈一圈，都是千千萬萬大大小小的冰塊和石頭，環繞著土星旋轉著。

「太令人失望了。」

「你知道嗎？距離是美，太近了反而是醜。」忠穎說。

正當安安跌入失望和沉思時，一股巨大的旋流襲來，瞬間將他們的飛船整個捲入，漩渦不知有多深，底部也不知在哪裡？最可怕的是，一點亮光都透不進來。

「我們一定是被吸進了『黑洞』。……」手忙腳亂的忠穎故作鎮靜地說。

「怎麼辦？怎麼辦？……」安安嚇壞了。

「不用怕。宇宙相生相剋，有陰就有陽，有黑洞就有『白洞』，死了才能活。」

安安根本聽不進去，牠嚇壞了。

何況，牠也聽不懂忠穎在說些什麼。

★ 妙妙窗 ★

忠穎說得一點都沒錯，安安以為死定了，睜開眼睛時，卻發現自己好端端躺在蘋果樹下綠油油的草地上，巨大的鐘正敲著午夜十二響，時間是西元一六四三年，地點是英國劍橋的三一學院。

安安抬頭一看，一個眉頭深鎖的年輕人，手裡拿著一顆蘋果，半夜裡不睡覺，口裡一直問：「為什麼？為什麼？」

「老兄啊，好好的覺不睡，有什麼煩惱嗎？」安安好奇地問。

「蘋果為什麼往下掉？為什麼不往上掉？你知道原因嗎？」

剛從二十三世紀回來的安安當然知道：「那是地心引力的緣故啊。因為有地心引力，所以一切東西都往『下』掉。」

「原來如此。謝謝你！謝謝你！」得到指引的年輕人，立刻拔腿奔回宿舍，將多年苦思不得的答案寫下，然後再印證這些日子來的推論和驗證，終於發現了「萬有引力」的存在。

你知道嗎？這個年輕人，就是大名鼎鼎的牛頓先生

呢！

　　由於安安的幫忙，牛頓先生終於發現了「萬有引力」，而可憐的安安卻求救無門，孤伶伶陷在十七世紀裡無法回去。

　　「不用擔心。」不明的聲音又出現了，「只要我再打開一扇『窗』，大窗中有小窗，小窗中有大窗，窗窗相連，亮光連接亮光，你一定可以回去。」

　　那個聲音說得一點沒錯，當安安再度睜開眼睛時，亮麗的陽光正穿透林間灑進牠的洞穴，一些早起的同伴正抖擻起精神，準備要去上工呢。

——原載 2006 年 6 月 29 ～ 30 日《國語日報 · 兒童文藝》

★ 妙妙窗 ★

科學動動腦

　　有一句話說：「上帝為我們關了一扇門，一定會為我們打開另一扇窗。」這話一點不假，不信的話，你可以問問蘋果電腦的賈伯斯先生或微軟的蓋茲先生，「視窗」是他們創造出來的。

　　至於什麼是萬有引力，請打開「牛頓視窗」。

　　如果你還想明白「黑洞」和「白洞」是怎麼回事，我建議你打開「天文視窗」。

Part.08

生　病

Fairy Tales

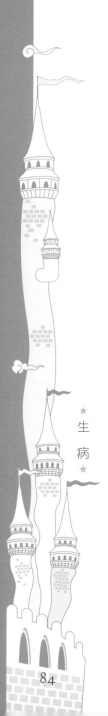

「又是美好的一天！」一覺醒來，安安覺得精神飽滿，全身充滿活力。

和全世界的小朋友一樣，安安越來越喜歡這種改變。天天睡到自然醒不說，還可以慢條斯理吃早餐，然後整理好書包，悠哉悠哉去上學。放學後，玩到筋疲力盡骨頭都散了，太陽還沒下山呢。不僅如此，喜歡的漫畫書、愛看的「數碼寶貝」，都可以放心看了。因為，時間真的很長很長，長到連爸爸和媽媽都不知道，怎樣打發這多出來的時間。

「時間變長真是好事啊。」安安打從心底喜歡。

和安安的感覺一樣，佳佳覺得，這種改變太奇特了。

「媽，我的體重又減輕一點了。」一大早，佳佳就迫不及待地大聲宣布。

朋友當中，佳佳的體重一直超重，長久以來都是同學取笑的對象。朋友們最喜歡以她的身材當話題，好朋友會說：「佳佳啊，該控制一下體重了吧。」壞朋友則在背後指指點點：「恐龍妹來了，小心地震哦。」

自從時間變慢後，佳佳奇妙地發覺，她的體重跟著減

★ 生病 ★

輕了。

「這種感覺真是美妙啊！」佳佳高興得不得了。

時間變長或變慢這件事，本來沒有人知道。事情到底怎麼被發現的，這要從東台灣的科學家說起。

話說有一位天文科學家，某一夜因為觀察天象觀過了頭，回到家時已經早上四、五點了。照理說，這時候東邊天際應該已經微微亮才對，可是，事實上並非如此，太陽竟然還賴在家裡不肯起床呢。

「太陽今天起床晚了。」科學家當時並沒有注意到有何不對勁，只是覺得有點奇怪罷了。

接下來的幾個月，這種情況又發生了好幾次，每次太陽都多躲在家裡好一會兒，科學家開始覺得事情有點不對勁。

有一次，科學家和朋友一起觀測一顆登錄有案的星星，結果他們多等了半分鐘才看到星星升上來。

「奇怪，按照星曆和時辰，應該半分鐘前就能看到啊，怎麼一回事？我的錶快了嗎？」

科學家遍查以前的紀錄和資料，發覺記載並沒錯。第

二天他試著觀測另一顆星星，然後比對以前的記錄——

「咦？這一顆也慢了半分鐘，真是奇怪。」科學家覺得很困惑，決心要好好研究研究，天空到底怎麼了？

一年後，天文科學家發表了他轟動全世界的觀星結論：「時間，變慢了。」

這一篇報告雖然立刻引起科學家們的好奇和注意，但是，對百姓大眾並沒有多大影響。有些人還高興地認為：「很好啊！時間變慢了，事情正好可以慢慢做呢。」小朋友呢？更是高興得不得了，大家都打從心底熱切地盼望，時間越慢越好，最好乾脆停止不動，快樂的童年就不會跑掉了。

五年過去後，時間變慢的事實越來越明顯。和以前比起來，現在時間整整慢了十分鐘。全世界的科學家發瘋似地，日以繼夜不眠不休地研究，想知道到底什麼原因使時間變慢了？老百姓反倒悠哉得很，大家都認為：「時間變慢點很好啊！可以

休息久一點。」小朋友們越來越高興，如果時間照這樣變慢下去，總有一天他們會忘記「害怕長大」這件事。

　　　　白天長長、晚上長長；
　　　　英文數學、慢慢做完。

　　　　故事長長、童話長長；
　　　　時間夠長、說聽不完。

　　這樣的兒歌在學校和家庭裡廣為流傳，成了最最受歡迎的順口溜。

　　西元二千二百零二年，這時候一天已經變成了二十六個小時又六分鐘，白天十三個小時又三分鐘，晚上十三個小時又三分鐘。

　　還好，晚上變長了，白天並沒有相對縮短，白天也變長了。

　　這下可好了，時間到底要怎麼設定才不會造成錯亂呢？以前將每天定為二十四個小時，這種方法還能用嗎？

如果時間照這樣變慢下去，有一天當我們醒來時，天才微微亮，時鐘卻早已指著中午十二點了，這不是很奇怪、很荒謬嗎？

聰明的科學家根據時間變慢的速度，發明了一種「年度時間調整法」，將變長的時間切割成二十四等份，然後加進原來的時間裡。因此，一天還是二十四個小時，只不過，現在的一小時比起以前的一小時，更長了。

西元二千三百零三年，這時候一天已經變成了三十六小時又三十六分鐘那麼長了。

時間還沒變慢以前，太陽五點鐘就起床了。時間變慢以後，前一百年太陽逐漸偷懶到五點三十分才起床。此後，每十年太陽就晚起床個幾十分鐘。最近這幾年，太陽更懶了，每天晚起床不說，還以等比級數的方式，變本加厲地偷懶呢。像今年，即使時令已是七、八月大熱天了，太陽卻一直要到十點二十分才露臉。

西元二千四百零四年，人們早就習慣了時間變長，不，應該說，時間變慢，的事實。

這一年的另一件大事是，全世界的科學家在經過無數

次精確的觀測和實驗後，他們終於知道，時間變長或變慢的原因是因為——地球自轉，變慢了。

　　至於地球自轉為什麼會變慢則眾說紛紜、莫衷一是。有人說是太陽和地球間的引力改變了，所以時間才會變慢。也有人說是上帝太辛苦了，需要休息一下。最離譜的，竟然有人說，地球生病了；因為地球生病了，沒有力氣走不動，所以自轉變慢了。

　　「地球又不是動物，怎麼會生病？」

　　「把地球當作生物，這些人的頭腦是不是有問題？」

　　人們實在無法相信地球會生病的說法。

　　西元二千五百零五年，地球自轉更慢了，這時候地球的一天，變成六十六小時又四十八分鐘。人類，還是找不出地球自轉變慢的原因。

　　「小雨滴，怎麼啦？」看到小雨滴一臉不高興，媽媽關心地問。

　　「好倒楣哦，下星期的遠足取消了。」小雨滴丟下書包，嘟著嘴巴回答。

「為什麼？」

「還不是電視台害的，什麼鎂釀山區不安全哦，彩色的水可能有毒哦。什麼……，報什麼報嘛？」

最近鎂釀山區的泥火山，無緣無故噴出彩色的地下水。原先大家以為，老天爺為了嘉勉我們，所以賜給我們彩色的水喝。但是，彩色的水噴到綠草和樹木，樹木立即焦黑、綠草立刻倒地，有些動物不小心碰觸到，立刻皮脫肉焦。這件事瞬間轟動了全台灣，人們都害怕得不得了。

「記者們並沒錯啊，報導事件真相是他們的天職。」媽媽安慰小雨滴，「何況，你們可以改變地點，到別的地

方去遠足啊？」

「媽媽啊，電視新聞每天這樣一直報，一下子說風景區的水有問題，一下子說度假村的蔬果要當心，還有誰敢去玩？還有哪裡可以玩？」

各位觀眾，根據記者親眼所見，鎂釀山區噴出來的地下水，真的是彩色的。彩色的水到底含有哪些劇毒，有關單位正在化驗中，不久就會有答案。

根據電視新聞報導，不同的國家和地區，陸陸續續也都發生同樣可怕的事情。有些國家的地下水是亮豔豔的紅，有些是明澄澄的黃，還有一些則是慘森森的綠，最多的是和鎂釀一樣，透著詭異色彩的彩水。

叫人害怕的是，水的顏色儘管不同，它們都是如假包換的毒水。

一個月後，全世界竟然再也找不到一滴乾淨清涼的地下水，人類再也喝不到天然的甘泉了。

地球果然生病了！

難怪，地球自轉會越來越慢，原來，地球真的生病

★生病★

了。

　　地球為什麼會生病？禍首是誰？

　　地球會死嗎？

　　整個人類社會，不分國家和種族，人心開始騷動起來，人們整天惶惶然不知如何是好。世界組織紛紛投下龐大的金錢和力量，將最聰明的科學家聚集在一起，不分日夜殫精竭慮地研究，希望能找到醫治地球的藥方。

　　可惜，經過數十年的病急亂投醫，地球的病情並沒有獲得絲毫改善，一點好轉的跡象都沒有。山林田野變成一片光禿禿的焦黑土石，青翠的原野、美麗的大地，全都不見了。地球，早已病入膏肓、無藥可救。

　　像一位久病不癒的老人，地球變得越來越虛弱，腳步，越走越慢。

　　時間，也變得越來越長，越來越慢，越……來……越……慢……

　　　　　　——原載 2004 年 9 月 6 ～ 10 日《國語日報 · 兒童文藝》

地球像一個陀螺，會越轉越快或越轉越慢，還是永遠不變，你想過嗎？

★生病★

Part.09

四　季

雖然開會時刻已經過了好久了，冬還是孤獨地站在角落裡，一點都不想進去。

　　「有什麼好討論的，根本沒人喜歡我。」冬嘀嘀咕咕說著。

　　冬說得一點沒錯，春、夏、秋、冬，春、夏、秋、冬，有誰說「冬、秋、夏、春」的？多彆扭啊！四季總是「春」拔頭籌，「冬」，永遠殿後。

　　「野火燒不盡，『春』風吹又生」、「洛陽城裡『春』光好，遊『春』總是少年人」，妳看，連詩人都偏愛春天，好處都給了春。

　　「『春』宵一刻值千金、萬紫千紅總是『春』，誰是天之驕子，難道還不清楚？還不明白？……還需要討論嗎？」冬長長嘆了一口氣，想不出有什麼可以一舉擊敗對方的好方法。

　　「搞什麼嘛，老天爺太不公平了。」雖然心裡萬般無奈，冬最後還是轉身進入

會場。

這一次會議的任務是決選「第一屆『自然獎』得主」，甄選主題是——「春、夏、秋、冬，哪一季對大自然的貢獻最大？」

總共有八萬八千八百八十八篇文章從世界各地寄來角逐，經過十幾輪冗長的分組討論和初複選淘汰後，最後選出四篇各自代表春夏秋冬的文章進入決選。決選委員計畫再從這四篇文章中選出一篇首獎作品，獨得最高獎品「四季花環」。

決選委員就請「春、夏、秋、冬」四季親自擔任，以一決高下。

「我覺得這一篇〈春神賜恩典〉的文章舉證豐富、內容紮實，將『春』對大自然的貢獻闡述得非常透徹，文筆也極為優美，絕對值得給獎。」春首先為自己強力拉票。

「我不同意。」夏立刻舉手反對。

「為什麼？」春大感意外。

「文章開頭說『大地回春，萬紫千紅總是春。』一開

始就偏頗了。」

「哪有？妳胡說。」

「四季是更序輪替的，夏秋冬也都按時訪問大地啊！人們固然可以說大地回春，但也可以說大地回夏、大地回秋、或者大地回冬，春排第一只是世俗方便的說法，春並不是四季的開端，這個道理非常淺顯明白。……再說，春雖然有百花，但『人無千日好，花無百日紅。』何況，秋有明月，冬有瑞雪，我也有涼風呢，四時有四時的美，不是永遠由春獨占鼇頭的，大家說是不是？」夏不理春的抗議，滔滔不絕一口氣說完她的看法。

「對啊！難道妳沒聽過『瑞雪兆豐年』嗎？妳的百花其實是站在冬的肩膀上開出來的。」秋也有話說。

「還有，妳一來，冰雪就開始融化了，北極熊就得開始搬家，妳對牠們並不友好。」冬不甘寂寞，大聲參一腳。

「難道妳就對樹木友好嗎？……」春本來自視甚高，以為首獎非她莫屬，在大家妳一言我一語唇槍舌劍的圍攻下，覺得有點招架不住了，於是火力全開大力反擊。

「……也不想想，妳一來馬上脫光喬木的衣服，連低

矮的灌木也不放過，叫他們
怎麼見人？」

「我……我……我
……」冬被說得面紅耳赤。

「『冬』固然不好，妳
也沒多高明。」夏拉大嗓門
加入圍剿。

「什麼意思？妳最好說明白。」春語帶威脅。

「不要以為全世界引頸盼望的只有妳，告訴妳，我可
是寒帶地區的國王呢！」

「少臭美了，誰不知道『四時可愛唯春日』。」

「才不是呢，應該是『四時可愛唯夏日』才對。」夏
強力辯解，「妳看英國人和冰島人，只要一看到我，馬上
就手舞足蹈起來，高興地說：『夏天來了！夏天來了！』
這就是最好的證明啊！」

「說到四時誰最可愛，……」冬天清一清喉嚨，不甘
示弱地說：「我也不輸妳們啊。難道妳們沒聽過剛果人和
烏干達人談的都是──『四時可愛唯冬日』嗎？」

「我看，這一點我們不要再爭辯了……事實是，『四

時都可愛』。詩人不是說過『若無閑事掛心頭，便是人間好時節。』嗎？何況，我們是在評審文章好壞，非關個人，請各位不要意氣用事，偏離主題。」眼看春夏冬吵成一團，秋趕緊出來打圓場。

「那，到底誰該得首獎呢？」冬怯怯地問，手裡拿著〈冬最了不起！〉的文章。

「我覺得，〈秋葉繽紛，秋實纍纍〉這一篇可得首獎。」眼看自己無法眾望所歸，得獎已無希望，春轉而推薦秋。

★四季★

　　……春天努力播種的，夏天奮力增長的，秋天必歡樂收割。……秋是收成的季節，代表的是汗水的成果，秋是公平和正義的代名詞。……還有，秋也是懷念的季節，「秋風吹不盡，總是玉關情。」秋化作思念，說的正是自然界最最深厚的感情。……

「此外，這一篇文章見人所未見，從細微之處點出秋對大自然的貢獻，有加分的效果。」春強調自己的看法。

「哦？請說明。」夏冬異口同聲問。

「文章從天文學的角度指出，秋占據最重要的室女座、天秤座、天蠍座和……『蛇夫座』四個座。」春加強語氣點出「蛇夫座」，「秋比大家多一座，對大自然的影響自然最大。……還有，秋不冷不熱，氣候溫和、溫度適中，有利人類生活，萬物休養。」

春明裡褒揚秋，骨子裡想的，其實還是自己。這個地球，南半球春分時，正是北半球的秋分，春和秋根本是一體兩面，總是一起手牽手造訪大地。秋若得到首獎，暗裡等於春也中選了，春其實心裡懷著鬼胎。

夏一聽此言，不敢苟同地說：「自然界的七情六慾，並不是只有思念而已。再說，思念是不是自然界最最深厚的感情，恐怕仍大有疑問，值得再加探討。」

「還有，秋和離情悲苦脫不了關係，老是和寂寞啊、冷清啊、疏離啊，拉扯不清，令人傷心悲痛不已。秋瑾唱的『秋風秋雨愁煞人』，不正是悲傷秋天和心碎傷懷嗎？多慘啊！」

「對啊！如果動不動就傷秋悲別離，人生還有什麼意義？此外，誰敢說天蠍座一定比獅子座重要？天秤座絕對比寶瓶座值得？不要忘了，太陽只在天蠍座停留短短的六

天而已。再精確一點說……」冬清一清喉嚨面有得色，
「多個『蛇夫座』有什麼了不起？占星學上，『蛇夫座』
根本隱而不見，見不得人呢，怎麼能大言不慚地說，秋對
大自然的貢獻最大呢？」

「哼，也不想想妳自己，酷虐大地，一片死寂。難
道，妳會比『秋』好到哪裡去嗎？」春語帶不屑揶揄反
擊。

「妳又意氣用事了。」夏提醒春，「話說回來……
『冬』有她的優點，甚至於可得首獎呢。」

「哦？真的嗎？」春一臉不屑的表情。

「妳看這一篇〈冬最了不起！〉寫得多好啊！」夏大
聲讀了起來：

　　……對大自然的貢獻，冬出力最多，卻最不被理
　　解。想想看，如果冬不努力工作，怠忽職守，害蟲會
　　被清除嗎？物種能得到適當的控制嗎？溪流和河水能
　　夠休養生息嗎？……如果不是冬的忍氣吞聲、忍辱負
　　重，春天就長不出新芽，夏天就無法壯大枝幹，秋天
　　也就無法結實纍纍，大地只會越來越貧瘠。……冬被

誤解最多，表面上扮演殺手的角色，其實，做的正是平衡大自然的功能，硬裡子的功夫，冬是大自然生生不息的推手。……

春和秋越聽越佩服，覺得講得真有道理，正想舉手表示贊同時，想不到夏話風一轉，竟然內舉不避親，臉不紅氣不喘推薦起自己來。

「不過，和冬比起來，我也不遑多讓。妳們看，這一篇〈夏是文明的種子，地球的救星〉寫得真是棒啊！」

……對大自然的貢獻，夏好像一無是處，坐享其成，如果大家肯仔細想一想，就知道我們都對夏誤解了。……如果沒有了夏，春花就無法結成秋果；如果沒有了夏，樹木就無法長成森林。如果沒有了樹木森林，古人就無法發明紙張，就不會產生

文明。……最重要的，如果沒有了夏，沒有了森林，氧氣沒有了，動物都會死亡，地球會變成一顆死寂的星球。……

看到這裡，春秋冬汗流浹背，恍然大悟，原來，夏對大自然的貢獻，竟然如此巨大。不過，光憑這幾點就把大獎頒給夏，大家又覺得心有未甘。

「不能光揀好的說，壞的也該指出來。」春提出異議，「颱風和颶風可也是妳弄出來的，沒錯吧！？想想看，每年，有多少生命枉死在妳的淫威下，妳還能大言不慚地說，妳對大自然的貢獻最大嗎？這一篇文章避重就輕，描寫面和筆觸都不夠周全。」

春夏秋冬妳一言，我一語，唇槍舌劍，互不相讓。種種辯駁，無非都想為自己拉票以爭得首獎。會議從白天一直開，開開開，開開開，開到繁星不見了，開到月兒都西沉了，還是無法得到共識，最後變成春秋一組，夏冬一組，互相爭吵不休。

不得已，大家只好把地球媽媽找來，希望地球媽媽能

夠公平處理，公正地裁決——春、夏、秋、冬，到底，哪一季對大自然的貢獻最大？

「孩子們，這個問題其實很簡單，很容易解決。」地球媽媽言簡意賅地說，「首先，我必須說，文章好壞並不能代表誰的功勞大或小，不管誰得首獎，妳們還是妳們，不是嗎？」

「嗯。」春夏秋冬點頭贊同。

「其次，妳們自己捫心自問一下，春夏秋冬少了任何一季，大自然就無法生生不息，人間還會圓滿嗎？妳們都是獨一無二的存在，各有職責，彼此無法互相取代的。」

「有道理。」春舉雙手同意。

「再其次，我認為大會找妳們來做決選委員，根本就是個天大的錯誤，……」

「哦？為什麼？」春夏秋冬齊聲問。

「妳們想想看，世界上，哪有運動員兼任裁判的道理？」

「不錯。」「對！」春和冬難得意見一致。

「最後，我衷心建議，大會應該另找他人擔任決選委員，人數以奇數為宜，像是『太平洋』、『大西洋』和『印度洋』三位、就很適合。」地球媽媽總結說。

——原載 2008 年 10 月 10 日《更生日報 · 副刊》

一樣的四季，為什麼天文學有十三個星座，神話卻只有十二個星座，蛇夫座跑去哪裡了？

占星術用少了蛇夫座的十二個星座來占卜和算命，你覺得會準嗎？

Part.10

宇宙的渦心

Fairy Tales

Round 1

Round 2

一、地球擂台

「地球年」八八八年。

自從宇宙智慧生命開始交流以來，地球就不再使用西元曆法，大家改採「地球年」記曆。畢竟，在浩瀚宇宙，無窮星系之間，這是比較合宜的做法。

這一年的大事是，選拔參加「太陽系擂台賽」的地球代表。

候選人由地球上所有的物種、現象和環境推薦，目的只有一個，選出一個最足以代表地球的強項，以參加「太陽系擂台賽」決選。

物種推出的候選人是「生命」。

現象推出的候選人是「循環」。

環境推出的候選人則是「汙染」。

決選會上，環境首先發言：

「太陽系中，沒有任何一個行星像地球一樣，竟然可以製造出這麼多的汙染，不管是空氣汙染啦、水質汙染啦、還是心靈汙染，都是又黑又厚又重；這些汙染不僅遺

害百年，有些甚至還禍患千代，一輩子，不，千萬輩子，都無法復原。汙染，絕對是地球的一個超級強項，有希望在『太陽系擂台賽』贏得首獎。」

「我反對！」環境話才說完，現象立刻大聲抗議：「我們不能為贏而贏，贏得不光不彩；汙染固然是一個強項，卻是個既不體面，又難以啟齒的『強』項，根本見不得人。」

「我同意。我們不僅要贏，還要贏得光彩。」物種舉手發言，「我覺得，『生命』才是地球的最佳代表。太陽系裡，有哪一個星球像地球一樣，充滿各式各樣的生命？地球所以是一個有機體，絕對是『生命』的貢獻。不管是動物或植物，甚至微生物，都讓地球生生不息，充滿活力和生機。」

「我很贊成你的觀點。不過……我們都已知道，並不是只有地球才有『生命』，其他的星系也充滿澎湃發展的『生命』。」現象點出選擇「生命」的缺點。

「的確。」環境同意現象的看法。

「我們推出的『循環』，才是地球的特點，任何行星，都沒得比。」現象開始說明推薦「循環」的理由，

「你們想想看，春夏秋冬、春夏秋冬，四季循環不止；生老病死、生老病死，生死循環不已；$E=MC^2$、$MC^2=E$，能量和質量互換不停，『循環』『循環』再『循環』，『循環』才是地球的強項，最足以代表地球參加『太陽系擂台賽』選拔，有獲獎的機會。」

「嗯，說得有理。分久必合，合久必分，即使是天下大勢，也和循環脫不了關係。……不過，……」物種沉思了一下，「我們都知道，有一天，地球會滅亡，循環就停止了。」

「你說得對。但，生命也一樣。」環境反駁說。

「這一點我不同意。」物種說，「生命會死亡，但不會滅絕。生命永遠充塞在浩瀚的宇宙之間。我覺得，還是『生命』最有資格代表地球參加『太陽系擂台賽』，一定會得獎。」

現象和環境有點猶豫，不過，經過一連串深入的討論後，覺得「生命」雖然不是宇宙的唯一，卻是地球贏得「太陽系擂台賽」獎杯的首選。最後勉強同意投物種一票，讓「生命」作為地球的代表。

二、太陽系擂台

滿懷信心的「生命」，在「太陽系擂台賽」進行到一半時就被淘汰出局，鎩羽而歸。

水星的代表只問了一個簡單到不行的問題，就使得地球代表瞠目結舌、無言以對，最後落荒而逃。

「請問地球代表，『生命』既然不是宇宙的唯一，如何代表太陽系贏得『銀河系擂台賽』獎杯？」身體最壯的木星首先發問。

「因為，地球的生命是『高級智慧生物』。」

「哦？真的嗎？既然是『高級』智慧生物，為什麼還會……『自、相、殘、殺』呢？」水星代表不客氣提出質疑，並且把「高級」兩個字和「自相殘殺」四個字說得特別大聲。

「這……這……這……」只見地球代表張大嘴巴，結結巴巴、面紅耳赤，不知到底該如何回答才好。

「我覺得，『生命』固然是太陽系的強項和唯一，卻不足以代表太陽系贏得『銀河系擂台賽』獎杯，有智慧卻

不知和平為何的生物，不配，也沒有資格代表太陽系。」
土星代表大聲說。

「對！」木星表示同意。

「沒錯！絕對不可以。」天王星大聲附和。

「派這種代表出去參加比賽，太丟太陽系的臉了。」
金星羞紅著臉說。

地球的代表，「生命」，就這樣啞口無言，土土土敗
下陣來。

三、銀河系擂台

最後代表太陽系參加「銀河系擂台賽」的代表，是由
各行星和她們的衛星組成的「行星衛星生命共同體」。

大家一致同意，太陽系的衛星之多，是其他恆星系少
見的。光說木星，就有六十一顆衛星，土星也有三十一
顆；其他像天王星有二十七顆、海王星有十三顆，最不濟
的地球，也有一顆衛星。衛星和行星組成一種相互牽引，
又相互依存的奇妙關係，一定能在「銀河系擂台賽」出類
拔萃，贏得首獎。

可惜的是，這只是太陽系一廂
情願的想法，太陽系的代表，最後
還是敗下陣來。

最令人不服和震驚的是，打
敗太陽系的代表，竟然是 α 星的
「高級智慧生命」。

真是太不可思議，太令人驚訝了。

擂台賽的經過是這樣的──

「我覺得，太陽系最足以代表銀河系參加『宇宙大擂
台賽』，最有可能贏得大獎。」太陽系代表振振有詞地
說。

「哦？為什麼？請說明理由。」天琴座的代表織女星
首先發問。

「各位代表請看銀河螢幕……」太陽系代表光筆指著
地球和月亮，「請各位仔細瞧瞧這對連體嬰，藍色和金色
的雙星在天空中，隨著時光的流轉，定期規律地互動和牽
引，歲月的盈虧和隨之而來的潮汐，形成一個漂亮的生命

共同體……」

　　不等太陽系代表說完，β 星代表搖頭說：「這沒什麼，雙星系宇宙多得是，還有更壯觀的呢。」

　　「您說的沒錯，」太陽系代表繼續說明，「不過，太陽系除了地球和月亮這對漂亮的連體嬰之外，其他的行星和衛星間，也都有各自獨特的『生命共同體』關係，每一個共同體都共構成自己的小千世界，這些小千世界又和她們的母星『太陽』，形成一個生生不息的大千世界。」

　　「還是沒什麼特別。」來自天鷹座的代表牛郎開口了，「這種集小千世界成大千世界的結構，宇宙間比比皆是，不足為奇。」

　　「的確。我看，太陽系並不足以代表銀河系。倒是 α 星的『高級智慧生命』值得考慮。」人馬座的代表提出她的看法。

　　「不見得吧？」太陽系代表馬上發出質疑。

　　「何以說不見得？」人馬座代表不解地問。

　　「既然是『高級』智慧生命，為什麼還會自相殘殺呢？」太陽系代表把地球落敗的原因重問一次，並且把「高級」兩個字特別大聲點出來，以為一定可以扳倒對

方。

「這個問題過時了。……」Ω 星的代表說，「不能否認，生命初始，的確曾發生過短暫自相殘殺的慘事。但是，能夠經由歷史學習，並且加以改善和促進融合的，才能稱為『智慧生命』，如果還能夠因此發展出宇宙關懷，創造出宇宙和平的『智慧生命』，才配稱作『高級』，α 星就有這種資格。」

「話是這麼說沒錯，但證據呢？總不能空口說白話吧？」太陽系代表還是有點不服氣。

「這很容易證明。」γ 星代表說，「請點開銀河螢幕『宇宙曆五〇五年』，那一年的大事是 θ 星發生大爆炸，整個星球都毀了。而……拯救和接納 θ 星的，正是 α 星，這才是所謂『高級智慧生命』該做的事，才足以代表銀河系，贏得全宇宙最崇高的冠冕。」

「沒錯，這就是為什麼 α 星也稱作『方舟星』的緣故。如果大家無異議，我星強烈建議和推薦，α 星最有資格代表銀河系參加『宇宙大擂台賽』。」β 星代表說。

當大家跌入思考時，燈光逐漸暗黑下來，銀河螢幕上，再度播出「宇宙曆五〇五年」那一年的歷史紀錄，α

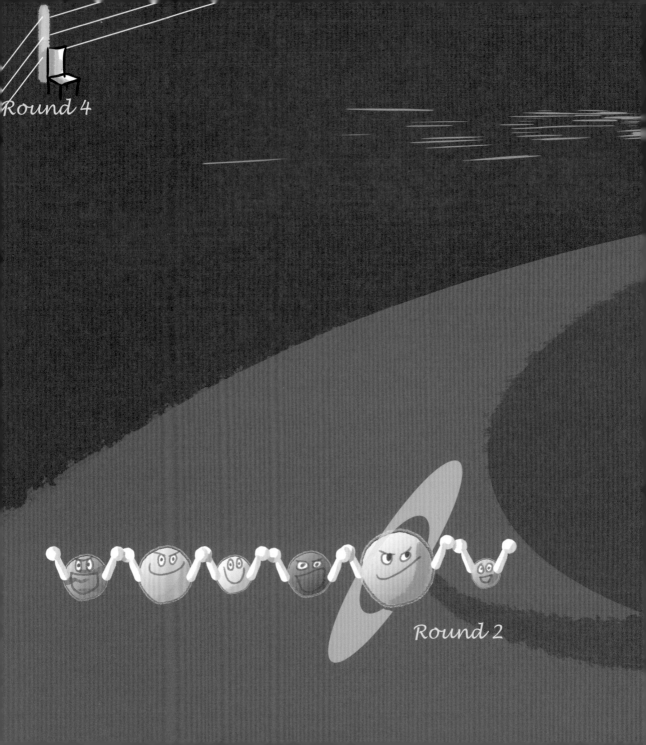

Round 3

Round 1

星為了拯救 θ 星，甚至犧牲了全星半數的生命。

「我贊成。」

「我同意。」

「α 星最有資格。」

影片放到一半時，贊成的聲音從各個角落響起，此起彼落，不絕如縷，大家一致同意，以 α 星「高級智慧生命」作為銀河系的代表，前往競爭「宇宙大擂台賽」的盟主寶座。

四、宇宙大擂台

宇宙曆八八八年，光速太空船「天鷹號」載著銀河系 α 星代表往「宇宙大擂台賽」場地直奔而去。

「超腦人五號，你想我們有沒有機會贏得首獎？」領航員超級電腦人一號「明忠峻」問超級電腦人五號「融穎弘」。

「當然有機會。不過……」超腦人五號欲語還休。

「不過什麼？別賣關子。」

「前提是，我們先要到得了會場……」

「嗯！？」

「這是一趟既艱苦又漫長的旅程，一趟和時空賽跑的比賽。」超腦人五號目光快速閃動，計算了一下距離和方位，「自從宇宙大霹靂以來，星系之間彼此越離越遠，所有的星星都朝著相反的方向退縮遠去。太空船除了必須超越星際之間的距離外，還必須克服兩星之間的離開加速度。」

「的確如此。」超腦人一號表示同意。

「從我們的銀河系出發，若以『光速飛行』，估計要五億光年才能到達會場，想想看，五億光年是多久啊！更何況，我們根本還沒有發明『超光速螺旋跳躍飛行』呢。」

「照你這麼說，完全沒有希望囉？」

「雖然我們已經能夠利用『瞬凍術』和『解體術』，將生命延長到九百歲；但是，和整個宇宙的年齡比起來（900 歲對 15,000,000,000 歲），這，仍然微不足道。」超腦人五號有點悲觀，「宇宙太大太大了，根本就是浩浩瀚瀚，無邊無界，即使我們使出九牛二虎之力，

不，一千萬頭牛、一百萬隻老虎的力量，還是很難飛到比賽地點。也許，根本到不了。」

「的確，本銀河系在整個宇宙間，不過是一座孤島。」超腦人一號舉雙手雙腳贊成，「那麼，我們是不是就這樣放棄了呢？」

「當然不！所謂高級智慧生命，就是絕不輕言放棄。」超腦人五號勇氣十足昂聲道。

「說得好。即使我們永遠到不了會場，我們仍在飛行。」

「對！我們將繼續飛行，直到那，宇宙的渦心。直到那，宇宙的渦心。」超腦人五號唱了起來，歌聲悠揚滑入長空，流向空明無際的宇宙。

——原載 2009 年 6 月 4 ～ 5 日《更生日報・副刊》

★ 宇宙的渦心 ★

科學動動腦

銀河有渦心，宇宙也有渦心嗎？如果有，在哪裡？宇宙到底是圓還是方？

這大概是宇宙大霹靂以來，千載難逢，不！萬載難逢，不！不！不！億載難逢的天文奇觀了。

不僅僅是水星、金星、地球和火星將連成一條線，連木星、土星、天王星和海王星也會連成一條線；四珠連線已經夠難得了，百萬年難得一見，何況是更不得了的八珠連線。可這還不稀奇，最奇妙的是，這八顆步伐快慢不一，有急驚風，也有慢郎中，八輩子打不到一起的星星們，竟然要和他們的老祖宗——大太陽，在亙古沉寂，廣漠無邊的虛空中，手牽手連成一條直線，搏命演出一場世紀絕倫，前無古人後無來者，絕無僅有的天文秀，這，難道不是宇宙間一件可遇不可求，不得了、了不得，天大地大的大事嗎？

為了這次的演出，自以為是全宇宙最美麗的女神，「維納斯」的化身，金星，除了拚命秀出她的純白潔淨、吹彈可破的美麗肌膚外，更把自己化妝成天空中除了老太陽以外，肉眼所能看見最明媚最耀眼，最晶瑩最亮麗的「明」星，以吸引萬方注意的眼光。

至於身材原本就不是很棒的水星，也使出渾身解數，將自己打扮得超級水水的，期許在盛會中，像「水銀」般

的亮麗惹眼。

　　如果連金星和水星都有這種想法，更別說神祕得不得了的火星了。一身火紅的穿著，焱焱如火；行動鬼鬼魅魅，更是令人迷惑。目的無非也是要爭取大眾的眼光吧！難怪大家都說她是「惑」星。

　　還有那些本來就醜醜的類木星球，像是天王星和海王星，為了這一次的聚會，更是把收藏在密室裡億萬年不肯展示的家當，全部穿戴了出來。天王星平時不肯輕易示人的「九層細腰帶」，海王星海藍藍變幻莫測的「冰晶冠」，這些壓箱子的寶貝，這一次，她們全準備秀出來。

　　對了，木星當然也抹上了她名聞遐邇的「大紅斑」；土星更不用說了，早早就戴上了她最最引以為傲的「腰帶光環」。

　　身為同台演出的一份子，身為老太陽最寵愛的女兒，地球，當然更是從五千年前就開始準備這一次難得的聚會了。

　　「可惜啊！一場難得的盛會，竟然被金星一句無關緊要的話打散了。」海王星越想越氣，越想越嘔。

事情到底怎麼發生的，回想起來，無非都是一些雞毛蒜皮，無關緊要的小事，只要大家少講二句話，根本不會演變到今天這種不可收拾的地步。

　　事件的導火線其實很單純，只是誰來當「對齊點」這件小事而已。

　　說真的，九星連線可是一件前所未有的大事，稍有差錯，一切就前功盡棄了。大家彼此又隔了這麼遠，像是天王星的距離，就有土星到太陽的兩倍遠，如果不找個東西做對齊點，不管是向右看齊、向左看齊，或者是向中看齊，怎樣都好，九珠根本不可能連成一條直線的。

　　因此，誰都想當這個貴為樞紐的「對齊點」。

　　問題是，誰來當「對齊點」比較適當呢？

　　「嗨！好久不見。」木星親切地和火星打招呼，「妳覺得，誰當『對齊點』比較適合呢？」木星開門見山劈頭就問。

　　「當然是妳了！太陽系有誰比妳塊頭大？」火星和木星是鄰居，本來就走得近，感情自然很好。

　　「妳一站出來，目標最明顯最好認，大家都很容易對

齊。」

　　木星原本就眼高過頂，目空一切。整個太陽系，除了老太陽外，論體積，根本無人可以和她相比。因此，私底下早就認定，除了自己，再也找不到第二個更適當的人選了，木星問這些話，無非是要引君入甕，遂自己所願。

　　金星早就看不慣木星自以為是的嘴臉，第一個跳出來反對。

　　「也不照照鏡子，看看自己的長相。」金星嗤之以鼻，「整天轉來轉去，一點都不安分。看看水星多斯文，兩個月才轉一下身。哪像她，一天轉身二三圈，一點都不安分。愛秀，也不是這樣秀法。」

　　「說得也是。如果光比體積，土星也不小啊！」水星附和著，「土星還戴著美麗的光環，目標更明顯。依我看，土星還比較適當呢。」

　　「不！不！不！我不適合。」聽到水星推薦自己，土星謙虛推辭。

　　「我的密度只有地球的十分之七，質量卻是地球的九十五倍，大家看到我，會以為我是漂浮在太陽系的大汽球。我的光環雖然美麗，但太薄了，每隔十五年，又會變

成水平狀，好像消失了一般。」

「我看地球比我更適合。」土星建議說。

「為什麼？」金星問。

「地球是一顆美麗的水藍色星球，也是整個太陽系中，唯一有生命的星球。太陽每天從東方升起，西方落下，朝陽和夕暉把天空染渲成美麗的萬紫和千紅。」土星解釋道，「沒有比地球更適當的人選了。地球是充滿生命的有機體，不像其他星球，互古長夜，一片死寂。」

「地球是老太陽最寵愛的女兒。」海王星補充說。

「地球是從太陽算過來的第三顆星球，無論是從水星看過來，或者是從海王星看過去，地點都極為適中，因此，我推薦地球當『對齊點』。」土星繼續解釋她的觀點和看法。

大家仔細想了一下，覺得此話有理，正想一致推薦地球當「對齊點」時，木星還不死心，提高嗓音大聲說：「土星說得都沒錯，地球的確是集萬千寵愛於一身的星球。但是大家是否想到，是誰？把成千上萬的垃圾排放到太空中？是誰？汙染了整個太陽系？難道不是地球嗎？」

土星、火星和海王星聞言，大家面面相覷，覺得地球

的確是太陽系的劊子手，「美麗的外表不能決定內容」這句話，果然一點不假。

「如果地球是宇宙垃圾的罪魁禍首，是太空汙染的肇源者，地球就沒有資格當『對齊點』。」木星臉上露出鬼點的笑容。

「難道妳才適合嗎？」金星不平地說：「臉上一塊大花斑，站出來能見人嗎？鬼見了都害怕，難怪人家說妳是『太歲』星。」

「妳說什麼？妳……妳……妳……」木星漲紅了臉，大紅斑變得更加巨大。

「也不想想自己，身體那麼瘦小，動作卻像個大胖子。」木星氣死了，反唇相譏大聲頂回去。

「有種再說一次，妳說誰像大胖子？」金星最引以為傲的就是她的窈窕身材，一聽木星罵她像大胖子，語帶威脅跳起來反駁。

「二百四十三天才能轉一圈，難道不像大胖子嗎？」

「是啊，我像大胖子，可是有人卻是超級拖油瓶……」金星故意拖長聲音，「……的媽呢。」

「妳妳妳……妳說誰是『超級拖油瓶的媽』？把話說

明白。」木星氣得吹鬍子瞪眼睛。

「每天帶著六十一個孩子出門，不知何年何月又會蹦出幾個，難道不是『超級拖油瓶的媽』嗎？」金星說。

「妳怎麼可以一竿子打翻一船人？」一旁的土星說話了，「我也帶著三十一個孩子啊！天王星有二十七個孩子，海王星也有十三個孩子。」

「『超級拖油瓶的媽』就『超級拖油瓶的媽』又怎樣？不像有人就是和別人不一樣，太陽竟然每天從西邊升起，東邊落下。可悲啊！」

「抗議！抗議！」天王星拉長喉嚨大聲抗議，「誰規定太陽一定得從東邊升起，西邊落下？在我們天王星，太陽也是從西邊升起，東邊落下的。這沒什麼不好啊！」

「就是嘛，西上東下讓宇宙多一點不同，不同也是一種美。不是嗎？」金星自我解嘲地說。

「哈！哈！哈！笑死人了。東上西下才是真理，真理就是美。沒聽過違背真理也可以叫作美的。」木星眼露不屑。

「如果照妳的邏輯，天王星的自轉軸高達九十八度，每天頭頂著太陽轉轉轉，也是一種美囉？」木星繼續挪揄。

「喂！喂！喂！兩位口水不要亂噴好不好？」天王星嘀咕著，「我又招誰惹誰了？」

「讓我說句公道話……」火星說，「我覺得，還是老太陽最有資格當『對齊點』。論體積，有誰比她大？論年紀，有誰比她

老？論亮度，有誰比她亮？大家說是不是？」

「問題是……」金星說，「老太陽太亮了，刺得我眼睛都睜不開，妳說怎麼對齊？」

就這樣，大家妳一言我一語，刀來劍去，越吵越氣，越氣越吵，最後，問題的癥結點竟然歸咎於──老太陽，太偏心了。

「老祖宗，為什麼木星的體格特別魁梧？我卻這麼瘦小？」金星不平地問。

「大小是相對的，……」太陽清清喉嚨說。

「妳的身體是水星的二點四三倍，冥王星的五點一倍，妳自己說說看，到底是小還是不小呢？」

「那，為什麼只有土星有耀眼的金色腰帶，其他的星球不是沒有，就是不容易看見？」

「有金色的腰帶的確很美麗很壯觀，但是，妳有沒有想過，我也給了妳們別人沒有的東西啊！像是只有妳才能『啟明』，天王星穿著『十一個垂直光環』；還有木星的計『歲』，以及水星的司『辰』……」

「妳賦予地球生命，我們都沒有，這太不公平了。」

站在一旁的水星氣呼呼高聲抗議。

「有權利就有義務，權利和義務是相對的。地球因為有生命，自然身負開拓太陽系新疆界的使命。……」太陽說，「何況，生命對環境帶來的影響是好是壞，還不一定，還很難說，妳說是不是？」

「你……你，最……『偏心』……的一點是……」天王星結結巴巴小心地問，並且把「偏心」兩個字特別用力大聲說出來，「為什麼……你在別的星球……都是……東上西下，偏偏……在我和金星……卻是……西上東下？」

「這一點和我沒關係，是妳自己的問題。」太陽柔聲說。

「如果……妳肯調整一下自己的旋轉方向，順時鐘改為逆時鐘，我就一樣是東上西下了。不過……，我不鼓勵妳這麼做。」

「為什麼？」

「無論正轉或反轉，一切應該順天而行。任何人都不該為了自己的私慾，膽大妄為到以為可以逆天而行。」

「可是……」金星還想辯解。

「孩子們！聽我說。」太陽舉起手制止金星繼續發

問，「這個宇宙，『自然』才是真理。」

「就像這次的九星連線，找『對齊點』根本是多此一舉，外力無謂的干擾，有時反而容易壞事。」

大家聽老太陽這麼說，想想這些日子來的紛紛擾擾，都覺得此話有理。

「宇宙間的事事物物，自有其規律可循，唯有時機成熟，才能水到渠成。」老太陽語重心長地說。

「『天體運行，本來如此。』和誰偏不偏心，一點關係都沒有。」

——本文獲 2005 年新竹縣吳濁流文藝獎「兒童文學類」首獎

細讀一下太陽系各行星的身高、體重、運行和轉動。

思考一下老子「人法地，地法天，天法道，道法自然」的至理名言。

Part.12

星空動物園

星空曆兩萬六千年，這時地球的「指北星」，再度輪由「小熊」星座，別名「北極星」的第一小熊擔綱演出。

　　「又可以大顯身手了……」北極星伸了伸懶腰，活動活動一下筋骨，打著哈欠說：「兩萬六千年真是長啊！」

　　「才怪呢。」「才不呢。」「那有多長？」一旁遊戲的六隻小熊聽到了，有的不同意，有的不以為然，有的揚聲反對。

　　「喔？兩萬六千年還不長，那，多久才算長呢？」

　　「和宇宙千億年的生命比起來，兩萬六千年只像眨了一下眼睛，超短的，不是嗎？」小熊第二說。

　　「嗯。話是不錯。不過……」

　　「不過什麼？」

　　「和地球的生命比起來，卻已是好幾千代了啊！」

　　「這麼說也沒錯。但……地球只是一個行星罷了，根本不能和我們相比，我們是恆星呢！拿太陽來比還差不多。話說回來……」小熊第三清清喉嚨說：「接下來你準備怎麼做？」

　　「一樣啊，還是做『指北星』，

幫迷途的羔羊指出正確的方向。」北極星說，「你有更好的建議嗎？」

「指北指北，過了二萬六千年還當『指北星』，你不覺得日子有點乏味嗎？你不覺得生活需要一些創意嗎？再說，『織女星』也當過『指北星』啊，你又和她有什麼不同？」

「當然不同！我和她，我和她……」北極星想了半天，不好意思地說：「男女不同，亮度不同。」

「哎呀！這算什麼不同？指北的功能還不是一樣。」

「指北是我們最主要的工作和功用啊！難道，你要我們放棄自己的本分嗎？」北極星強烈辯解。

「除了工作，生活還需要調劑啊！」小熊第四心懷好意地說，「否則，恐怕會過勞死。」

「哇！說得真恐怖。」

「不是我在嚇唬你，最近《星空報》才剛剛登過好幾則過勞死的新聞。」

「嗯，是有這麼一回事。老三，你倒說說看，『織女星』有什麼不同？」

「哎呀！你真是孤陋寡聞，人家織女的故事，可是轟

轟烈烈源遠流長，傳遍整個星空呢。」

「你說這個啊，那，我也有……」

「哦？說來聽聽。」

「地球上有成千上萬的人一直在歌頌我的功勞，有一位詩人甚至還寫了幾百行的長詩，頌讚我是天上最亮的星星，說我是……」

「等等，等等，這位詩人說錯了，我們都知道，你並不是天上最亮的星星。」小熊第五打斷北極星的話，「詩人還說什麼？」

「說我有燃燒自己，照亮別人的氣慨。」指北星雙眼露出驕傲的光彩。

「哎呀，說這種話太虛無縹緲了，誰聽得懂。人家『織女和牛郎』，流傳的可是淒豔絕美的愛情故事呢，你有嗎？」

「哦？你說這個啊！當然有。話說希臘羅馬時代……」

當北極星正要述說他的不朽愛情和傳奇故事時，說時遲那時快，只聽「咻」一聲，一把銀箭劃破長空，不偏不倚落在小熊第六的身旁。

隨著銀箭跌落，小熊身後立刻響起「大熊」媽媽們焦急的催促聲——

「小熊們，趕快逃命啊！」

北極星轉頭一望，只見「大熊」星座的媽媽們拉著六隻小熊，慌慌張張一溜煙似的，隱入黑夜的星空叢林之中。

「別跑！」星空另一頭響起一聲大喝，只見一個半人身半馬身的巨大彪漢，肩上背著銀色箭袋，彎弓搭箭，箭頭光芒閃爍，正瞄著小熊第七，準備射出他的第二箭。

獵人正是人見人怕，半人半馬的「人馬」，號稱是全宇宙最兇悍、最勇猛、最可怕，永不落敗的魔鬼獵人。

「天呀！是他，我也得快閃。」北極星眼見不妙，趕緊隨著大小熊們逃之夭夭，指北星也不當了。

「我真是厲害啊！人見人怕。」人馬收起弓箭，嘴角露出得意的笑容，昂首闊步地走著，一副不可一世的表情。

說起人馬，的確有他驕傲的本錢。

人馬本名叫作「齊倫」，是山杜爾族國王和精靈所生

的兒子，本身就是一位王子；他還向月神「戴安娜」學過音樂，向太陽神「阿波羅」習過預言和醫學，可以說是集眾神寵愛於一身的人，難怪他會這麼驕傲，眼高過頂。

但是，「『人』有失手，『馬』有失蹄」，沒想到，這一次人馬竟然失手了。

人馬有點懊惱，但他可是尊貴的王子呢，絕對不肯，也不會，因為一點小小的挫折就憂心喪志，意氣消沉。人馬依舊得意洋洋，揮舞著銀箭，奔馳在廣闊無垠的星空際之間，繼續搜尋他的獵物。

人馬不可一世耀武揚威的狂妄神態，驚醒了正在睡覺的「天蠍」。

「哼！真是小人得志。看我來對付你。」

天蠍是天后專門派來對付人馬的，自古以來就是世仇，所謂「仇人相見，分外眼紅」。兩人一旦照了面，一定非鬥個你輸我贏、你死我活不可。

天蠍擁有驚人的耐力及意志力，只要下定決心便絕不手軟，非得等到分出勝負了，才肯罷手。

因此，即使是號稱沒有任何獵物能夠逃過他的手掌

心，星空際最可怕的獵人「人馬」，見到天蠍也要畏懼三分；只要兩人相遇了，主客立即易位，獵人變成獵物，獵物反倒成為獵人。

「看我不把你螫個半死，你不會知道天有多高，地有多厚。」天蠍揚起他的巨尾，尾上毒針閃著燐燐藍光，朝著人馬急速追去。

「哼！你以為我真的怕你嗎？」人馬眼見天蠍追近了，突然來個一百八十度大轉彎，抽箭、搭弓、瞄準，不甘示弱朝著天蠍連續射出好幾箭。

「噹！」「噹！」「噹！」

沒想到一連三箭，都被天蠍揮動巨螯擋了下來。

正當人馬準備射出第四箭時，說時遲那時快，只見天蠍一個箭步，轉身回馬，巨尾毒針狠狠刺入了人馬的腳後跟。

「哎呀！」人馬發出一聲哀鳴，如山一般的身體像一座巨牆般倒下。

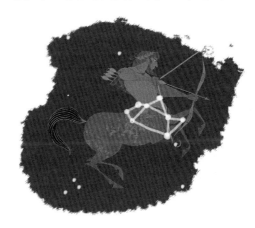

合該天蠍倒楣吧，人馬山一般的身子，竟然不偏不倚，說巧不巧，整個兒壓在天蠍身上。

「哎呀！——」只聽天蠍也慘叫一聲，淒厲的聲音劃破寂靜長空，久久不絕。

直到好久好久以後，銀河星空才又回復到原先的安寧平靜，「巨蟹」啦，「孔雀」啦，「白羊」啦，「金牛」啦，大家才敢再探出頭來瞧個究竟。

「真可憐，想不到竟然兩敗俱傷。」星空暗處響起一聲幽幽長嘆，白銀鑲金的銀河裡傳來陣陣悠揚的笛音。

來的正是半人半魚的「摩羯」。

摩羯本名叫作「潘恩」，其實是一個牧神，統管山林間的一切事務；他還是個酒神，喝酒的本領，天下第一。

潘恩的長相非常奇特，不僅頭上長著山羊角，嘴上還留著山羊般的鬍子；儘管如此，他卻是個第一流的音樂家，只要吹起長笛，優美的笛音立刻穿透長空，迴盪環

繞，久久不絕。

「我很醜，……」潘恩頗有自知之明，「……可是我很溫柔。」潘恩也以自己擁有天底下最柔軟的心腸自豪。

可惜的是，並不是所有的美女都不計較美醜。因此，當潘恩愛上仙女「希林克絲」，想和她結成夫妻時，希林克絲嫌潘恩外貌醜陋，總是躲避著他。

有一次，希林克絲被潘恩追急了，為了躲避潘恩，將自己化為一束蘆荻；潘恩傷心欲絕，只好把蘆荻做成笛子，整天帶在身上，一刻也不離開。

此後，隨著潘恩所經過的山林原野，處處都迴響著優美的笛聲；女神們常常被他美妙的笛音所吸引，圍繞在旁邊聆聽。

由於潘恩能帶給眾神歡樂，所以他常常被邀請到宴會中助興。

有一次他應邀為眾神吹奏，因為特別賣力，美妙的笛聲在天地間迴盪，久久不絕。沒想到笛聲驚動了大怪物「颱風」，「颱風」橫衝直撞闖入宴會，所到之處一片狼藉，眾神紛紛走避。

潘恩在慌忙中變成魚跳入河中，不料因為太緊張，只

有下半身變成魚尾，上半身仍舊還是山羊的模樣，從此潘恩有了「摩羯」的稱號。

話說那一次演奏，愛與美的女神「維納斯」和她的兒子戀愛之神「丘比特」，正好在河邊散步，母子倆眼見大怪物「颱風」衝來，所到之處，洪水氾濫，飛砂走石，於是趕緊奔跑躲避。

維納斯怕丘比特被洪水沖走，於是用絲帶繫住丘比特的腳，另一端則綁在自己的身上，兩人同時化身為魚，相繼躍入天河之中躲開。

從此以後，人們只要仰望天河，就可以看到「雙魚」一前一後，在天河裡游來游去。

「雙魚」雖然避開了怪物「颱風」的侵擾，但也不是從此過著無憂無慮的生活，他們必須時時注意天空的動靜，以免一不小心，成為別人肚子裡的大餐。

因為，有一雙要命的鐵爪，正無時無刻威脅著他們的生命安全。

這一雙鐵爪的主人，正是號稱力足以「劈山碎石」，

★ 星空動物園 ★

「鐵臂金鈎」的擁有者——「天鷹」。

　　　永遠在碧空中出現
　　　永遠在青天上飛翔
　　　跳躍在枝頭上的
　　　　　是小鳥
　　　穿梭在花叢中的
　　　　　是小鳥

　　　我是天鷹　目光炯炯
　　　我是天鷹　鐵翼翻飛
　　　我是空中之王
　　　悠揚的啼叫聲宣告
　　　王者的君臨

　　天鷹最喜歡唱這首歌了，每次唱起來，一定非唱到天
昏地暗，日夜無光不可。日子久了，天鷹竟以為自己真的
是天空之王，是星夜長空中的亙古巨星呢；天鷹開始變得
目中無人，囂張狂妄，不把他人放在眼裡。

「哎呀！真是『量小不堪成大器』。」星空深處響起一聲嘆息。

「對啊！所謂『二三寸水起波濤』正是這種寫照。」另一個聲音響亮應和。

說話的是「天龍」和「鳳凰」。

天龍號稱是星空的孕育者，所謂「天之尊」，所謂「龍之英」，指的就是他；呼風喚雨、吞雲吐霧，對他只是雕蟲小技，不要說蛟龍魔龍沒得比，即便是水龍和雲龍，也是差之千里。

至於鳳凰，她有一個驚人的外號，叫作「不死之鳥」，七彩的羽毛，永遠在烈火中新生。

天龍和鳳凰，他們總是成雙成對，形影不離一起出現於星空際。

「有一天，人類如果能夠飛到我這裡來，一定會明白，生命原來如此多采多姿，如此多元。」天龍很有自信地對鳳凰說。

「說得不錯。」鳳凰回道，「如果人類以為，在浩瀚宇宙和萬古長空中，只有地球有生命存在，人類就真的是

井底之蛙了。」

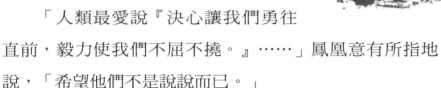

「人類應該不會像天鷹那般夜郎自大吧！？」天龍自問自答，「他們已經發現，我們『天龍星』有水存在的跡象。」

「人類最愛說『決心讓我們勇往直前，毅力使我們不屈不撓。』……」鳳凰意有所指地說，「希望他們不是說說而已。」

「不談人類了，話說回來，最近好像都沒看見『天狼』。」

「對啊，也不知道閃到哪裡去了？」

「聽說他躲在『大犬』家裡。」

「哦？幹嘛躲在大犬家裡？想和『小犬』們玩耍嗎？」

「不！聽說他得罪了『長蛇』，長蛇恨不得一口把他吞進肚子裡。」

「天狼到底做了什麼錯事？他可是『大犬座』的明星呢？難道他不知道『君子的道德像風一樣，所到之處，萬方景仰』的道理嗎？大家都睜大著眼睛在看他的一舉一動

呢。」

　　「就因為他是大明星，自以為是全宇宙最明亮最耀眼的星星，根本不把別人放在眼裡，因此惹毛了長蛇，一定要和他分出個勝負。」

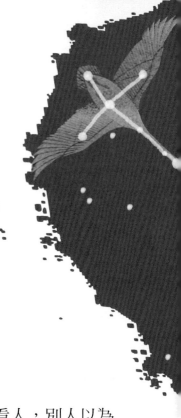

　　「這是小事一樁啊？怎麼會變成你死我活的決鬥呢？」

　　「這要怪天狼自己不好。」

　　「為什麼？」

　　「因為天狼老是透露著邪惡的眼睛看人，別人以為他不懷好意。」

　　「這太好笑了吧？外表根本不能決定內容啊。你記不記得天狼對尼羅河氾濫的精準預言？埃及人對天狼可是優禮有加，崇拜得很呢。」

　　「話是沒錯，天狼就是因為這樣，變得狂妄自大起來，有一次不小心踩到了長蛇的尾巴，不僅不賠罪，還瞪著邪眼說了許多傷人的話。」

　　「哦？天狼說了什麼傷人的話？」

「傳言說，天狼貌視長蛇是沒腿沒腳的怪物，不配亮在浩瀚的星空之中。」

「哎呀！這種傷人的話他也說得出口，難怪長蛇要把他吞進肚子裡。」

「所謂『冤家宜解不宜結』，為了銀河的和平，我看，我們應該想個辦法化消這件仇恨。」

「話是沒錯，但，也要找對人才能事半功倍啊。你看，請誰去比較適合？」

「聽說『巨蛇』和長蛇交情不錯，對天狼也有救命之恩，應該是適當的人選。」

「好！就請巨蛇去當和事佬好了，希望他能馬到成功，迅速擺平這件事。」

「沒問題的，巨蛇一定辦得到。」

「哎呀！巨蛇，你是怎麼搞的？」看到巨蛇一副狼狽不堪的模樣回來，天龍不解地問。

「對啊！你不是對天狼有過救命之恩嗎？難道他還想恩將仇報不成？」鳳凰也一副百思不解的表情。

「唉！恩將仇報倒不至於，不過，也差不多了。」巨

蛇邊說邊嘆氣，「事情會演變到這種地步，真是說來話長……」巨蛇欲言又止。

「到底怎麼回事？說來聽聽。」

「天狼這小子真是不知好歹，」巨蛇越想越氣，「做梯子給他下，不下也就罷了，還反過來說了一堆膨脹自己減損別人的話？」

「哦？天狼說了什麼膨脹自己減損別人的話？」

「他說，自古以來，星空的知名度是他天狼打下來的，大家應該感激他，不應該為了一點小小的過錯就責備他。」

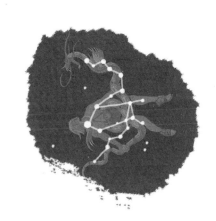

「哇！他太膨脹自己了吧？」天龍不以為然。

「什麼跟什麼嘛，真是馬不知臉長？」鳳凰面露慍色。

「我也這麼認為。」巨蛇說，「我也認為星空壯麗，銀河瑰美，是大家努力的結果，功勞是大家的，天狼不應該全部歸功於自己。」

「對啊！」

「天狼不過是天上的『犬』罷了。」鳳凰語帶輕蔑說。

「沒想到，天狼不僅不認同，還指著我的鼻子說，有誰認得你巨蛇的？」

「哇！太囂張了。」

「哼！不可原諒。」

「天狼還說……還說……」巨蛇望著天龍和鳳凰，吞吞吐吐欲言又止。

「還說什麼？趕快說。」天龍好奇地問。

「天狼說，仰望銀河他最亮，因此，天下第一亮星，非他莫屬。『蛇夫』、『牡羊』、『南魚』、『仙女』……根本不配稱作『星』……」巨蛇越說越急，越急越氣：「天狼還說，天龍和鳳凰算什麼？不過是虛擬動物罷了……」

「哇！這小子太離譜了，難怪人家說他是『晦氣星』。」天龍越聽越氣，眼中火星直冒。

「此外，他還大言不慚地說，即使是『仙王』和『仙后』，見到他也要禮讓三分。」

「哼！太自不量力了，應該好好給他一點教訓。」鳳凰也氣得七竅生煙。

「對！不然他不會知道天有多高，地有多厚，星空有多廣闊。」

「妳看，誰去才能給天狼一個狠狠的教訓？」

「請『獅子』去好了，一定可以擺平天狼這頭狂犬，讓他永生難忘。」

「好。就請獅王出馬吧。」

雄獅出馬，果然不凡。

獅子大吼兩聲，宏亮巨大的聲響如霹靂般劃破星夜長空，久久不絕，才兩三聲，就把天狼嚇得屁滾尿流，抱頭鼠竄落荒離去。

獅子不僅身型巨大、威風凜凜，眼光更是森嚴凌厲、睥睨寰宇。獅子替星空立下的不朽功勞，無人可比。但是說來奇怪，獅子就是不如天狼有名，長久以來，獅子一直屈辱在天狼的盛名之下。

「哼，老虎不發威，給你當病貓看，這一下，誰是老大，清楚了吧？」

當獅子洋洋得意報告他的戰功時，站在鳳凰旁邊的一隻異獸吸引住他的眼光。

這隻異獸和他一樣，頸項間也披著閃亮的金黃色鬃毛，體型魁梧，比起獅子來有過之而無不及。最奇特的是，全身滿布青色的鱗片，四蹄踏在雲彩之上，長相威猛絕倫。

獅子心中大感驚異。

「來，我幫你們介紹一下。」鳳凰對著獅子說，「這位是『麒麟』。」然後轉頭對麒麟說：「這位是『獅子』。」

「久聞大名，如雷貫耳。」麒麟說。

「幸會！幸會！兄台大名，威震古今。」獅子回答。

麒麟和獅子互瞧著對方，彼此細細打量，心中不由升起相見恨晚的感覺。

「聽天龍說，你剛打了勝戰回來，真是可喜可賀。」

「不敢當。」獅子面對比自己還雄偉奇壯的麒麟，不敢透露出絲毫驕傲自得的眼神，畢竟，人家可是傳聞中的

聖獸呢。

「天狼有了這次教訓，一定會安分一陣子。」天龍對麒麟說，「星空中奇禽異獸，不勝枚舉，天狼真是一隻井底之蛙。」

「嗯，沒錯。」鳳凰轉頭面向麒麟，「接下來，是不是該你出馬了？」

「沒問題，看我的。」麒麟拍拍胸脯，「我一定會完成任務回來。再見了，各位。」麒麟說完，四蹄微揚，一陣風起，瞬間消失在眾人之前。

「不知道麒麟接的是什麼任務。」獅子心裡升起一堆問號。

其實，麒麟接的並不是什麼偉大的任務，只是「通知」而已。

話說回來，即使是「通知」這種「簡單」的任務，也不是任何人可以做得來的。

因為，想要達成這個任務，非得有飛天遁地，穿越時空的本領不可。

細數整個銀河星空，除了「飛馬」，也只有麒麟有這

個能力了。飛馬現在在「中天極」出任務，這個工作，當然非他莫屬了。

「『天鵝』開門，『天鵝』開門。」

「誰啊？敲得這麼急？」天鵝探出頭來，「是你啊！？麒麟，有什麼緊急的事嗎？」

「只是來通知一聲，沒什麼緊急的事。」麒麟說。

「嗯，請說。」

「星空曆三萬六千年時，輪由『天鵝座』的『天津四』當指北星，請不要忘記了。」

「沒問題。」天鵝說，「我會記在星空簿上。」

「千萬千萬不要忘記哦。」麒麟再一次叮嚀提醒。

「哎呀！」天鵝有點不悅，「我可是『天上的神鵝』呢！『天之鵝』絕不可能做錯事的，放一百萬個心好了。」

「既然妳這麼有信心，」麒麟說，「那麼，再見了。」

麒麟說完，腳底風起雲湧，電光石火般急往下一個指北星「仙

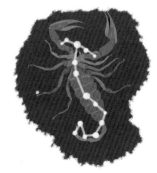

王座」奔去。

「誰曉得妳是不是一隻『呆頭鵝』呢？」一路上麒麟心底還是有點忐忑不安，「否則，當年的鬧劇怎麼發生的？」

——原載 2008 年 3 月 16～18 日《更生日報‧副刊》

星空也是一座動物園，藏著科學，也藏著神話。

到底是科學神祕呢？還是神話有趣？

神話說，北極星是永遠的指北星；科學說：不對，天津四和織女星也當過指北星。

Part.13

鐘聲的秘密

修羅被綁架了！

這真是破「鬼」荒頭一遭，「鬼」大的大事。

整個閻王府亂成一團，閻羅王大發雷霆，修羅的媽媽擔心死了；不論大鬼或小鬼，大家都憂心得不得了。

竟然有人敢綁架修羅，太不可思議了！太荒謬了！

修羅可是第一名從「『鬼立』鬼怪研究所」畢業的資優生呢。修羅不僅本領高強，身分更是千變萬化，「鬼」出鬼沒。

有一句話說：「佛界有觀音，鬼界有修羅。」

可以想見，修羅的魔力之高、妖法之強，在地獄裡絕對是頂尖的，不是一般的妖魔鬼怪，可以望其項背的。

「天啊！怎麼可能？」

「實在令『鬼』無法相信！」

「到底是誰？竟然能夠綁架修羅？」

地府裡眾鬼怪議論紛紛，「鬼」心惶惶。

其實，到目前為止，鬼怪們只聽過修羅的大名，或者只看過他的化身，從來沒有鬼看過他的廬山真面目。

大家只知道，要是沒有修羅的鬼計得逞，地獄一定是座空城。大家也都聽說過他鬼計多端，變化莫測；玩弄人

間如探囊取物，從來沒有失手過。修羅對地獄的貢獻，簡直就是鬼怪們的衣食父母。

沒想到，這一次竟然陰溝裡翻船，被人間綁架了。綁架者還在各大報刊登廣告，要閻羅王照著做。

大家都認為，綁匪真是膽大包「鬼」、罪大惡極，竟然敢在太歲頭上動土，莫非，活得不耐煩了？

從人間傳回來的消息是這樣的：

閻羅王大人您好：

　　修羅現在在我這裡，如果您肯答應我的要求，修羅就能獲釋。請您在每天午夜十二點，連續四天，敲鐘十二響，每響間隔五秒。只要您做到了，修羅就能平安回家。

　　大　丹　敬上

「嗯，午夜敲鐘十二響，每響間隔五秒，連敲四天。難道……鐘聲十三響的祕密洩露了

嗎？」閻羅王越看越心驚，「大丹又是誰？他到底想幹什麼？」

　　大丹自認為是修羅的死黨，換帖的兄弟。

　　大丹非常非常崇拜修羅，對他的話言聽計從，從不後悔。

　　大丹認為，修羅簡直就是他的複製人、肚子裡的蛔蟲，他的心裡想什麼，修羅比爸媽還清楚，說他和修羅「心心相印」，或者說「心有靈犀一點通」，一點都不過分。

　　自從無意中結識修羅，大丹整天和修羅形影不離，不僅頭腦越來越大條，神經也變得越來越敏感，整天不是疑東疑西，就是疑南疑北。遇到了棘手問題，態度馬上又變成鴕鳥，「咚」一聲，一下子就把頭埋在土裡，一點都不想深入探討事情的因果和本末，以為一切照著修羅的話做就對了。

　　上個月「胖白」不見了，修羅說是阿豹偷去的，想到阿豹偷偷摸摸的模樣，大丹相信修羅的話絕對錯不了。

還有一次，他牽「花子」的手被喧嚷成強吻「花子」，是野人造的謠，也是修羅告訴他的，修羅還拍胸脯保證絕對不會錯。

　　「修羅，你真是我的好兄弟。」大丹越來越離不開修羅。

　　「不錯！我的確是你的……『好』……兄……弟。」修羅把「好」字說得特別鬼點，「不管是誰，只要心中肯挪個位置讓我住，嘿！嘿！嘿！……我絕對是他的……『鬼』心肝。」修羅暗地裡竊竊偷笑。

　　大丹對修羅的話一直都深信不疑，直到有一天——

　　「大丹，你是不是穿過我的外套？」正要出差的爸爸指著外套上的大黑漬問。

　　爸爸新買的一件外套，大丹非常喜歡，千方百計要求媽媽也給他買一件，可是媽媽不答應。爸爸也說，年輕人穿這麼好的外套，太招搖了。

　　「沒有，爸爸，我沒有穿。」

　　「真的沒穿？」爸爸用懷疑的眼光看著大丹。

　　「沒有，我發誓，真的沒有。」最近爸爸不太信任大

丹，總是懷疑大丹東大丹西的，讓大丹覺得萬分委屈。

「再問你一次，真的沒有？」爸爸口氣變得非常嚴厲，「小孩子不可以說謊。」

「我沒有說謊，爸爸一定要相信我。」大丹提高聲音抗議，「有可能是……小丹穿的。」

小丹是大丹的弟弟，大丹覺得爸爸對小丹比較偏心，很有可能就是小丹偷穿的。

「有穿就說有穿，不可以誣賴弟弟。」爸爸發火了。

「爸爸太偏心了。弟弟什麼都對，我什麼都不對。」大丹氣得大吼一聲，「砰」一聲把門關上，留下錯愕不已的爸爸。

「沒想到爸爸這麼不信任我。」大丹把自己反鎖在房間裡，任憑媽媽敲破了門，就是不肯出來。

大丹雙拳緊握，手筋浮現；一下子站起、一下子坐下，怒氣像快要爆發的火山，滿肚子的委屈無處發洩。

「修羅，爸爸太偏心了，到底是誰穿了爸爸的外套？是不是小丹？」

「沒錯！就是小丹。」修羅口發陰聲，嘿嘿嘿從大丹

心中飄了出來。

「我就知道一定是他，……」大丹大怒，「竟然嫁禍給我。」

「怎麼辦？怎樣才能查明真相？」

「不要……」修羅從懷裡拿出一根銀針，比劃著遞給大丹，銀針閃著詭異的寒芒，「你在小丹的身上刺一下，一切就真相大白了。」

「這樣好嗎？」大丹看著閃閃發亮的銀針，心裡一陣遲疑。

「沒問題的，傷不了他。」

「這……，不太好吧，有沒有別的辦法？」

「你想知道真相，對不對？」修羅嘴巴露出鬼魅般的奸笑。

「對！但是……，非得這樣不可嗎？沒有其他的辦法了嗎？」大丹怯怯地問。

「除此之外，沒有別的辦法了。」

「你自己考慮考慮。」修羅兩手環抱胸前，一隻腳著地，一隻腳翹放在床頭，鬼點笑著。

整個晚上，大丹在床上翻來覆去，覆去翻來，久久無法入睡。

「看來，只好這樣子了。」大丹終於下定決心，悄悄起身下床。

午夜過後不久，大丹鬼鬼祟祟往小丹的房間摸去。

大丹盡可能把腳步放輕，一步一步摸黑前進，心情緊張得不得了。拿著銀針的手微微發抖，雙腿發軟，好幾次差一點絆倒摔跤。好不容易，終於來到小丹的床前，大丹心裡猶豫著，該不該刺下這一針？

「哥哥，你想幹什麼？」睡夢中的小丹忽然睜開雙眼，兩眼直愣愣盯著大丹手上的銀針，恐懼地問。

「別怕，小丹，讓哥哥刺一下，一下下就好。」

「我不要！」小丹驚慌從床上跳起，連滾帶爬拔腿就逃。

大丹眼看機會稍縱即逝，趕緊奔腿追趕，等到距離夠近了，說時遲那時快，舉起銀針閃電般往小丹刺去。

「唉呀！」

痛苦聲來自媽媽，沒想到銀針不僅沒刺到小丹，竟然刺進了媽媽的胸膛。

原來，這些日子以來，媽媽一直非常非常擔心大丹，感覺大丹變了個人似的，暗地裡更加留意大丹的一舉一動。今晚大丹一出房門，媽媽就偷偷跟在後面一窺究竟。媽媽看到小丹驚慌跑來，大丹在後揮舞著銀針追趕，於是搶在小丹身前，替小丹擋了這一針。

大丹不小心刺傷了媽媽，修羅馬上趁機搬到媽媽的心住下來，以為今後更可以大玩鬼計，為所欲為了。

修羅離開大丹的時候，大丹出了一身冷汗，全身濕透透。等到冷汗流完了，又開始冒熱汗。就這樣冷熱汗交替，總共三次，等到冷熱汗都流完了，大丹好像換了一個人似的，頭腦漸漸清明起來。當他睜開眼睛，看到媽媽直挺挺躺在地上，一動也不動，小丹跪在一旁痛哭失聲時，一下子，全明白了。

大丹發覺自己做錯了，這根本就是修羅的鬼計。可是，太遲了，大丹當場嚎啕大哭起來。

「我錯了。我竟然為了

自己可惡的念頭傷害了媽媽。」

大丹在媽媽身邊死去活來地哭，哭得昏天暗地，哭得上氣不接下氣，哭到整個身體癱倒在地上。

就在他昏昏沉沉的當兒，似乎聽到一絲很細很溫柔的聲音，在他的耳邊說：「大丹，不要再哭了，我是媽媽，我還沒死。修羅想害我，但是被我的心困住了。他現在已經沒辦法再害你了。大丹，媽媽沒辦法再陪你了，你自己要好好活下去。」

大丹揉一揉哭腫的雙眼朝媽媽望去。

果然，媽媽的嘴唇微微動著，而她的心被一顆明亮的光球包圍住，困在裡面的修羅正用力敲打，哀號著要出來。可是，亮光一層又一層，團團密密裹住他，修羅一點辦法都沒有。

「媽媽，媽媽，您為什麼不醒醒？」大丹趕緊把媽媽扶在身上，淚珠又開始汩汩流了下來。

柔細的聲音繼續說：「媽媽的心把修羅困住了，可是媽媽也醒不過來了。如果媽媽醒過來，就會變成修羅的俘虜，非得任他操縱指揮不可。為了你，為了大家，媽媽願

意犧牲。」

「媽媽，媽媽，您不能死。一定有辦法的。」大丹哭得好傷心好傷心，「我一定會想法子救您。」

大丹的哭聲把他的守護神引來了。

自從大丹交了修羅這個壞朋友後，守護神只能遠遠地跟著，一點都近不了大丹的身。

「有辦法的，大丹。」守護神說，「不過，你必須……」

不等守護神說完，大丹搶著問：「什麼辦法？再大的犧牲我都願意。」

「修羅是個多心鬼，如果能夠讓『地獄鐘』每天午夜響十二下，就可以找到『地獄之門』。一旦找到『地獄之門』並打開它，修羅會被接回地獄，媽媽就獲救了。

「可是傳言說，要讓『地獄之門』打開，必須完成三件事，只有三件事都完成了，才能打開『地獄之門』。」

「不過，開門者也會一起被吸進地獄。你怕嗎？」守護神問。

「我不怕。為了媽媽，什麼犧牲

我都願意。」

「請您快告訴我，到底我應該怎麼做？」

「首先，人間無法聽到地獄鐘聲，因此，你必須先找到兩樣寶物，一樣叫做『聞聲石』，另一樣稱為『瞬音神針』。『聞聲石』使你能聽到地獄鐘聲，『瞬音神針』能夠把地獄鐘聲立刻傳來。這兩樣都是地獄的寶物。」

「這樣就可以了嗎？」

「最後你還必須找到『騎象老者』，請教他如何利用這兩種寶貝，找出『地獄之門』的方法。」

「那，怎樣才能找到『聞聲石』和『瞬音神針』呢？」

「聽說『聞聲石』藏在赤熱山，『瞬音神針』則落在北海冰原，兩處都住著很可怕的妖怪。至於『騎象老者』，根本居無定所，行蹤飄忽不定，恐怕得看你的誠心有多大，能不能感應到他了。」

「好，我馬上出發去尋找寶物，……」

★ 鐘聲的祕密 ★

「可是，媽媽怎麼辦？媽媽會死嗎？」大丹擔心地問。

「放心好了。你媽媽有『愛心』和她的守護神保護，還有親人守著，短期內只會沉睡不醒，不會死的。你趕快出發吧，不然就難說了。」

照著守護神的指示，大丹立刻動身前往尋找「瞬音神針」，一路上餐風宿露，腿發麻了，腳受傷了，一想到慈愛的媽媽還在等他，馬上鼓起精神繼續前進。這一天，終於來到了北海冰原。

大丹到達北海冰原的第三天，仍是一點頭緒都沒有。這天中午，他來到一個四面聳立著巨大冰柱的地方，中央有一個冰洞，四周瀰漫著冷冽的冰氣，太陽當空照射，萬點銀光把冰柱映照成千千萬萬個光幕。

大丹疲困地在一塊冰石上坐下休息，想到媽媽正在受苦，而他還沒有找到任何寶物，淚水不禁又潸潸流了下來。

　　不知過了多久，大丹彷彿感覺手邊有
個東西在蠕動，低頭一看，發覺有一個冰
冷的白色「小不點」，正奄奄一息躺在手
邊。大丹小心地把這個「小不點」抱在掌
心，發覺他還在呼吸，於是趕緊把他貼藏
胸膛，讓「小不點」分享自己身體的溫
暖。

　　經過大丹細心的照顧，兩個小時過
後，「小不點」竟然奇蹟般活了過來。

　　「你叫什麼名字啊？為什麼受傷躺在
這裡？」大丹低聲問，害怕把「小不點」
嚇壞了。

　　「先不要管我叫什麼，是你救了我

嗎？你又叫什麼名字來著？」「小不點」身體雖
小，聲音卻很大很冷，好像是從很遠很遠的地方
傳來的迴音。

　　「我叫大丹。你家在哪裡，我送你回去。」

　　「我是回不去了，除非……」「小不點」低
頭不語。

　　「除非什麼？如果能幫
忙，我很樂意。」

　　「除非我能得到一對新

耳朵，才有辦法飛回去。」

　　大丹順著「小不點」的話看去，「小不點」果然沒有耳朵，空空蕩蕩齊平的耳根，顯然是被別人用利器切割過。

　　「你可以把我的耳朵拿去。」大丹心想，當他救出媽媽時，馬上就會被吸進地獄，留著耳朵也沒用，不如送給「小不點」吧。

　　「你很慷慨，但是我也不能平白拿你的耳朵，何況你還救了我呢……」

　　「……這樣吧，我有一樣寶貝，就用它換你的耳朵吧，我這個寶貝叫作『瞬音神針』，不管多遠的聲音，有了這個寶貝，立刻就可以聽到。」

　　「我就是因為擁有這個寶貝，差點兒被害死的。現在，我只要有一雙普通的耳朵，就心滿意足了。」

　　「真是踏破鐵鞋無覓處，得來全不費工夫。」大丹心想，「這個『小不點』，竟然就是我遍尋不著的冰原老怪啊！不過，他並沒有傳說中的可怕嘛，傳言實在離譜。」

　　由於冰原老怪的指點和幫忙，一天不到，大丹就來到

了赤熱山。

守護「聞聲石」的妖怪名叫龍魁，有三隻閃著藍色火燄的大眼睛，每說一句話就發出一長串鬼火，身體像山那麼高，聲音像打雷，每走一步大地都為之震動。大丹找到他時，發現他像小孩子般地，躺在地上嚎啕大哭。

「你的塊頭這麼大，為什麼還哭啊？」大丹怯怯地問，「有什麼事我可以幫忙嗎？」

龍魁轉頭看了一下大丹，有點不屑地說：「哪裡冒出來的小鬼啊？竟敢大言不慚地說要幫助我。」

「我是從大草原來的大丹。請問你有什麼困難嗎？」

龍魁再一次斜眼瞥了一下大丹說：「你真的願意幫忙我嗎？無論犧牲有多大？」

「是的。我很樂意。」自從修羅離開後，大丹又恢復了樂於助人的本性。

「你看到我的三隻眼睛嗎？其中一隻瞎了，如果你願意把眼睛送給我，我就可以復元了。你願意嗎？」

大丹心想，沒了一隻眼睛雖然辛苦些，困難還是可以克服的，單眼和雙眼並沒有太大差別，有何不可？

「好的，我很願意。」大丹很誠懇地回答，「你來取

吧。希望你的眼睛趕快好起來。」

　　就這樣，大丹變成了獨眼龍，但是他的好心獲得好報，龍魁把「聞聲石」送給他當做回報，同時還告訴他尋找「騎象老者」的方向，他倆也成了好朋友。

　　大丹雖然得到了「聞聲石」和「瞬音神針」，但是因為眼睛和耳朵殘缺了，時時刻刻都忍受著極大的痛苦。可是，一想到愛他的媽媽命在旦夕，馬上又勇氣百倍，繼續翻山越嶺，尋找著「騎象老者」。

　　這一天，大丹來到一個不知名的地方，溫煦的和風不停地往身上吹拂，使他的心漸漸安靜了下來。大丹走累了，坐在樹蔭下喘口氣。忽然，一個很老很老的聲音感應到他的心裡

　　「你是不是在找我啊？」一個蒼老的聲音問。

　　「你是誰？」大丹大感意外。

　　「我是『騎象老者』。我感覺到你在找我的誠意。找我有什麼問題嗎？」

　　一聽是「騎象老者」，大丹趕緊正襟危坐，並且將自己愚蠢的行為和誤傷媽媽的經過，一五一十告訴「騎象老

者」，大丹請求老者教導他，怎樣利用寶物解救媽媽。

「首先，必須讓『心』安靜下來，像現在一樣。」老者說。

「其次，用『聞聲石』仔細聽取地獄鐘響，再用『瞬音神針』找到『地獄之門』。」

「麻煩您說明白一點。」

「你必須想辦法讓『地獄鐘』每晚敲響……十二下，每響間隔五秒，並且連續敲響四天。」老者繼續說。

「好。」

「第一天午夜以前，你先到虛擬山的『地獄觀』，用『瞬音神針』和『聞聲石』找出『地獄之門』的大概地點。」

「哦？」

「由於『地獄觀』和『地獄之門』有一段距離，因此，你無法立即聽到第一響地獄鐘聲；但是，『瞬音神針』會立刻把鐘聲傳來。據說，總共會聽到十三

響鐘聲，利用這多出來的一響，你可以找到『地獄之門』的大概位置。」

「我還是不太明白，……」大丹說，「能不能，請您再解釋清楚些。」。

「當第一響鐘聲還沒傳到時，『瞬音神針』已經立刻把鐘聲傳來了。等到第一響鐘聲真的傳到時，第二響地獄鐘也響了，並且立刻由『瞬音神針』傳來，……」

「……所以說，你聽到的第二響鐘聲，其實是『瞬音神針』的第二響和『地獄鐘』的第一響的合聲。」

「嗯！有道理。」

老者頓了一下繼續說：「同理，第三響到第十二響都是『瞬音神針』和『地獄鐘』的合聲。你聽到的第十三響鐘聲，其實是『地獄鐘』傳來的第十二響。」

「沒錯。」

「因為『地獄鐘』每響間隔五秒，鬼音每秒跑 1000 呎，利用這多出來的第十三響，自然就可以算出，『地獄之門』應該是在半徑 5000 呎的圓周上。」

「我明白了。」大丹說，「可是，還是沒辦法找到『地獄之門』的正確位置啊？」

「想想看，如果不重疊的兩圓相交，會有幾個交點呢？」

「兩個。」大丹毫不思索地回答。

「對！第二天你到面天山『地藏寺』，相同的方法再做一次，你就可以繪出第二個圓，『地獄之門』的位置就可以縮小到其中的一個交點上了。」

「我有點明白了。」大丹低頭沉思了一下說。

「第三天你再到酆都城『閻王殿』，如法炮製繪出第三個圓。」

「是不是……」大丹接著說，「三圓的共同交點，就是『地獄之門』的正確位置？」

「孺子可教。」老者面露贊許，「第四天午夜之前，你帶著媽媽和兩樣寶物一起到『地獄之門』，等到鐘響十二下，『地獄之門』會打開，寶物會被收回，修羅也會飛回地獄，你的媽媽自然就獲救了。……」

「……這裡有一張說明圖，你拿去看

看。」隨著老者的解釋，一張說明圖由空中飄落到大丹面前。

「好了，我把知道的都告訴你了，你趕快去救媽媽吧。祝你好運。」

按照「騎象老者」的指示，大丹終於在第三天找到了「地獄之門」的正確位置，一塊標示著「＠」符號的石碑。第四天午夜十二點以前，大丹將媽媽和寶物一起帶到「地獄之門」，大丹和媽媽緊緊地依偎在一起，靜靜等待著地獄鐘響。

午夜十二點，地獄鐘開始敲響，一聲、兩聲、三聲……十聲、十一聲，十二聲，當第十二響鐘聲敲起時，「＠」石碑的四周開始漫起一層薄霧，陣陣陰風從地上吹起。薄霧在陰風中打轉，越轉越快、越轉越厚，最後轉成一道巨

大的龍捲風。

　　這時，風中出現千萬雙眼睛，有綠眼、也有黃眼；有紅眼、也有藍眼。每一雙眼睛都發出懾人的光芒怒視著大丹。一刻過後，龍捲風開始像一頭巨龍般，上下左右四方窺探，龍頭有時高高拔起，有時盤旋直下，舌信長吐，煞為嚇人。不過，大丹一點都不害怕，想到媽媽馬上可以獲救，辛苦終於有了代價，單眼不禁落下高興的淚來。

　　龍捲風狂飆了約半個小時，最後慢慢減緩停止。這時，「＠」石碑慢慢變化成「地獄之門」，並且，從門口射出數道綠色的光華，將寶物、修羅和大丹一起吸入，綠光隨後轉成紅光、由紅轉橙，由橙轉白，最後消失不見。

　　午夜三刻過後，媽媽終於悠悠醒轉。環顧四周，除了自己，只有「地獄之門」和此起彼落的蟲聲。媽媽猜想，大丹為了救她犧牲了自己，不禁傷心哭泣起來。

　　就在這個當兒，萬道光華，伴隨著慈祥梵唱，從「地獄之門」輻射而出。一朵祥雲，托著一位慈眉善目的菩薩，手牽著大丹，背後站著閻羅王、冰原老怪、三眼龍魁和修羅，緩緩降臨在媽媽面前。

「我是地藏，……」菩薩開口說，「我來送還妳的孩子。」

看到菩薩來到，媽媽又高興又惶恐，趕緊雙膝跪下向菩薩頂禮膜拜。

「妳是一位了不起的媽媽，大丹則是個孝子。」菩薩扶起媽媽，並且把大丹交到媽媽的手上說：「你們母子倆證明了，人間最偉大的力量是愛。」

「只有愛能克服疑心和猜忌。大丹勇敢的表現，說明了只用眼睛不能看清楚，只靠耳朵不能聽明白。我現在還你一位勇敢孝順的兒子。」

菩薩說完，緩緩轉過身去，一干鬼眾，跟在菩薩背後，逐漸消失在「地獄之門」，「地獄之門」隨後也緩緩合起，門由大變小、由亮變暗，漸漸消失在夜空中，最後恢復成「@」石碑。

隨著菩薩漸遠漸弱的梵唱和慈愛的背影，媽媽和大丹趕緊再度叩謝菩薩的恩典。

當夜空最後又恢復成星光

萬點銀河長掛時，媽媽牽起大丹的手，母子倆相視一笑，歡歡喜喜踏上回家的路程。

──原載 2006 年 9 月 26 日～10 月 11 日《國語日報‧兒童文藝》

　　GPS 衛星的定位原理你知道嗎？

　　無論世界任何一個角落，都可以用三顆衛星來定位；如果使用四顆衛星或更多，精確度甚至可以達到幾公分之內。

　　為什麼 GPS 這麼厲害？

　　看了〈鐘聲的祕密〉，相信你已經知道了。

地獄之門圖解

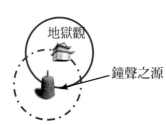

地獄觀

鐘聲之源

第一天：同半徑實線圓周上
任一點都可能是地獄之門

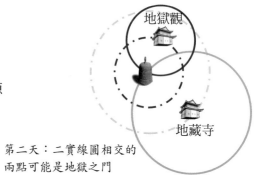

地獄觀

地藏寺

第二天：二實線圓相交的
兩點可能是地獄之門

地獄之門

地獄觀

閻王殿

地藏寺

第三天：三實線圓相
交的點為地獄之門

★ 鐘聲的祕密 ★

13響鐘聲的原因

瞬音神針	1	2	3	4	5	6	7	8	9	10	11	12	
地獄鐘		1	2	3	4	5	6	7	8	9	10	11	12
聞聲石	1	2	3	4	5	6	7	8	9	10	11	12	13

5秒

與科學接枝的童話新果實 ◆徐錦成
——《山鷹童話》賞析

1

近幾年台灣童話界有不少新人崛起，山鷹是其中之一。說得更明確點，山鷹是少數具備個人特色的台灣童話新銳之一。

所謂「特色」，很難定義。它有時指文筆，譬如特別華麗、特別幽默等；也有時指專注於某一主題，譬如專寫環保、專寫家庭等。台灣童話作者雖不算少，但有特色者著實不多。

山鷹最大的特色，表現在「科學童話」上——他善於在童話裡夾帶科學知識。

最早的童話本來就具有目的性：或寄託教訓、或傳播知識。而科學童話是後者的典型文體。只是無可諱言，科學童話在台灣極其弱勢，從來都不是主流。山鷹的科學童話量多質精，既是傳承，亦有創新。

2

科學童話與科幻童話略有不同。科幻童話雖有科學根據，但更歡迎在科學基礎上天馬行空地想像，愈誇張往往愈有趣。但科學童話必須傳播正確科學知識，因此對情節安排不得不有所節制——它絕對避免傳達因幻想而失真的科學知識。不過科學童話也不能太彰顯其目的性，否則情節為主題而設，很難寫得好看。我的閱讀經驗裡，好的科學童話比起好的科幻童話更少見。

話說回來，科學童話與科幻童話的界線也非涇渭分明。舉例而言，山鷹童話裡有幾篇寫地球。〈地球彎彎腰〉假設地球轉動時不傾斜，造成「全世界一季，不春不秋，不冬也不夏，四季不見了」的後果。這是帶有科幻成分的假設。

另一篇〈生病〉也寫地球，具有多重層次。我初次讀它時，以為「生病」的是貪玩的安安或過重的佳佳，但「地球生病了」這個答案卻在全文三分之二後出現！事實上「地球生病了」這個答案毫不新奇，是再普通不過的常識。山鷹沒將篇名取為〈地球生病〉是高明的一招。若直接取名〈地球生病〉，雖然更能突顯主題，卻難免落入俗套。

3

　　讀山鷹童話,會讓人思考一個問題:故事若僅為傳達知識而編寫,則一旦吸取了知識,還有必要再讀一遍故事嗎?

　　山鷹童話表現最好的時候,常令人忘記它的科學性。同樣寫地球的,還有一篇〈四季〉。這篇童話並未在科學上追根究柢,反因引用古典詩詞而充滿詩意,足可證明好看的科學童話必然也是好童話。

　　另一篇〈遠遠與近近〉,我猜想它的靈感源頭來自望遠鏡(遠視)與顯微鏡(近視)這樣的日常生活經驗。不過山鷹卻把這個常識「哲學化」了。我們讀該篇,讀到的是「尺有所長,寸有所短」的人生哲理。關於焦距的科學知識,僅見兩三筆的輕描淡寫而已。我相信也唯有這樣寫,才使得山鷹童話變得雋永耐讀。

4

　　除了古典詩詞,山鷹也常自神話取材
——包括中、西方神話。這一類童話,未
必符合科學童話的樣式,卻是山鷹童話的
另一成就。譬如〈大霹靂以後的一次爭

吵〉與〈星空動物園〉，山鷹所展現出的天文素養既是科學的、也是神話的。是不是科學童話已變得不重要。

這樣說起來，山鷹童話迷人之處，便不在於童話中的科學知識了。的確如此！

譬如〈橘子花〉，通篇運用到的科學知識不過是簡單一句話：「把發聲到聽到回音的時間除以二，再乘上聲音的速度，就是距離了。」但令讀者掛心的，絕不會是這一則知識，而是「橘子花」究竟是什麼？

翻山猴收到的橘子，是每個人各捐一瓣組成的「合成橘子」，但這畢竟不是「橘子花」。答案直到最後一刻才揭曉：「翻山猴抽抽噎噎哭了起來，手一鬆，橘子一瓣一瓣裂開，像一朵橘子花，在心裡越開越大，越開越大……」這樣的「橘子花」終究還是文學的，而非科學的。

5

與科學接枝，結出台灣童話的新果實——這是山鷹這幾年已然呈現的意義。這樣的童話能否引領一股風潮？值得持續關注。

至於山鷹本人日後的發展，就不僅令人關注，而是教人期待了！

版權所有　翻印必究

童話列車 ⑦

地球彎彎腰
山鷹童話

著　　　者：山　鷹

主　　　編：徐錦成

插　　　圖：劉淑儀

責 任 編 輯：鍾欣純

發 　行　 人：蔡文甫

發 　行　 所：九歌出版社有限公司

　　　　　　臺北市105八德路3段12巷57弄40號

　　　　　　電話 / 25776564・25707716

　　　　　　郵政劃撥 / 0112295-1

九歌文學網：http://www.chiuko.com.tw

登 　記　 證：行政院新聞局局版臺業字第1738號

印 　刷　 所：晨捷印製股份有限公司

法 律 顧 問：龍躍天律師・蕭雄淋律師・董安丹律師

初 　　　版：2009（民國98）年10月10日

定 　　　價：250元

ISBN 978-957-444-628-5　　　　　　　　Printed in Taiwan

書　　　號：AC007

國家圖書館出版品預行編目資料

地球彎彎腰：山鷹童話 / 山鷹 著；徐錦成 主編；
劉淑儀 圖. -- 初版. -- 臺北市：九歌, 民98.10
　面；　公分. --（童話列車；7）

　ISBN 978-957-444-628-5（平裝）

859.6　　　　　　　　　　　　　　　98016072